光文社文庫

文庫書下ろし／長編時代小説

若鷹武芸帖

岡本さとる

光　文　社

この作品は光文社文庫のために書下ろされました。

目次【若鷹武芸帖】

若鷹武芸帖

第一章　編纂所

一

鋼《はがね》のごとく鍛えられた四肢が、しなやかにたわんだ。

若き武士が繰り出す竹刀《しない》の技は、おもしろいように稽古相手の面、籠手《こて》、胴を捉えた。

面布団に覆われた彼の顔は、汗にまみれていたが、きりりとした濃い眉の下で、切れ上がった目は猛鳥のように鋭く輝いている。

武士の名は、新宮鷹之介《しんぐうたかのすけ》という。

その名のごとく、彼の剣技は遠間からの打ち込みが素早い。山の頂《いただき》から一気に地上の獲物を仕留めるかのような、電光石火の早業が身上である。

江戸南八丁堀《みなみはっちょうぼり》あさり河岸にある、鏡心明智流《きょうしんめいち》士学館《しがくかん》では、この日も多くの門人達が稽古に励んでいたが、練達の士が揃う道場にあって、鷹之介の力量はひとつ抜きん出ていた。

やがて大太鼓が打ち鳴らされて、夏の日の激しい稽古もそれまでとなった。

もう日も傾き始めていた。

防具を外した鷹之介は、まず剣の師である桃井春蔵直一《もものいしゅんぞうなおかず》に教えを請《こ》うた。

面鉄《がね》越しに見るその顔は、ぎらぎらとした目ばかりが際立っていたが、素になると少し尖った鼻と涼しげな口許に、いささかあどけなさが残っている。

「この上はもう、そなたに教えるべきものは何もござらぬよ」

老師は静かに応えた。

「これより先は、己が心で剣の奥義たるものが何か摑み取られよ」

「己が心で、摑み取る……」

鷹之介は小首を傾《かし》げてみせたが、直一は穏やかに頰笑《ほほえ》むばかりで、

「幾つになられたかのう」

と、問いかけた。

「二十五となりました」

「二十五か。剣を研ぎすますによい年頃じゃが。惜しいのう」

「何が惜しゅうござりまするか」

「そなたがこの先、ただひたすらに武芸を追い求めたならば、古今稀《まれ》に見る名人になろうものを」

思い入れをする直一を見て、鷹之介は師が言わんとしていることを察し、

「先生から頂戴する、何よりのお言葉と存じまする」

深々と頭を下げた。

「ははは、いやいや、余計なことを申した。何ごとも、お務め大事に励んでくだされ……」

直一は、苦笑いを浮かべながら、愛弟子に労《いたわ》りの言葉を投げかけた。

新宮鷹之介は、ただ剣を生業《なりわい》にして生きる剣客ではない。

三百俵を食《は》む徳川将軍家直参旗本《じきさんはたもと》で、小姓組番衆《こしょうぐみばんしゅう》を務めている。

小姓組番は、幕府番方《ばんかた》にあって書院番《しょいんばん》と並ぶ花形の組織で、将軍の側近くに仕え、

殿中の警備、将軍外出の折は身辺警護、市中の巡回などに当たる。

将軍の親衛隊であるゆえ、武芸に秀でた者が揃っている。

いざという時のために、皆が日頃から鍛錬を重ねていて、鷹之介もまた、非番の折はこの日のように士学館に出向いて剣技を鍛えていた。

しかし、将軍近侍《きんじ》の旗本となれば、才覚を認められる機会にも恵まれているゆえ、番方の中で御先手組頭《おさきてくみがしら》などに栄達を遂げることも夢ではない。

出世をすれば、それだけ多忙にもなり、自分が一兵卒となって力を揮《ふる》わねばならぬ場からも遠ざかることになる。

指図する立場になる者は、そのための学習もせねばならぬゆえ、武芸鍛錬に費《つい》やす間も限られてくる。

「それが惜しい……」

と、桃井直一は言うのだ。

直一の耳にも、鷹之介の精勤ぶりと、将軍家斉《いえなり》からの思《おぼ》えがめでたいという評判は届いていた。

華々しい出世が望まれる鷹之介にとっての武芸は、やがて武士の嗜《たしな》みと位置付けられるのであろう。

新宮家の若き当主である鷹之介にとって、それは至極当然のことであるが、まだ幼い頃から士学館で学んだ彼の姿を思い浮かべると、直一も寂しさが募るのだ。

鷹之介にもその想いは痛いほどわかる。

「きっと立身を遂げ、その暁には桃井先生の御役に立てるようになろう」

日々その想いを胸に、心を込めて出仕《しゅっし》をしているのである。

二

時は、文政《ぶんせい》元年の夏である。

つい先頃、文化《ぶんか》十五年四月二十二日をもって改元となったゆえ、まだ文政の世になって日が浅かった。

改元を契機に、何ごとかこの身に起こらぬかと、若き新宮鷹之介の血は騒いでいた。

武芸の鍛錬は欠かさず、将軍外出の折には、その経路に何があるか、さっと頭の中に絵地図が浮かぶほどの備えをもって随行した。

家斉に関心事があると知れば、何を訊《き》かれても応えられるようにと、学習を怠らなかった。

今の役儀や待遇にいささかの不満もないが、純真で熱血漢である彼は、まだ見ぬ世界に己が身を置く日を熱望していたのである。

その予兆はあった。

組頭からは、近頃しきりに、

「そなたに、新たな御召《おめ》しがあるやもしれぬな」

と、声をかけられていた。

「まさか、若輩の身に、どのような御召がござりましょう。あるとすれば御役御免の御達しかと、これは恐ろしゅうござりまする」

出過ぎてはいけないと、鷹之介はその度に畏《かしこ》まってみせて組頭を笑わせたものだが、

――満更嘘《まんざら》でもあるまい。

内心では、胸を躍らせていた。

新宮家は、先代・孫右衛門《まごえもん》も小姓組番衆で、十二年前に不慮の事故で亡くなり、十三歳で家督を継いだ鷹之介は二十歳で召し出された。父子二代にわたる忠勤に、将軍・家斉も応えてくださるやもしれぬと、用人《ようにん》を務める老臣・高宮松之丞《たかみやまつのじょう》も予々《かねがね》口にしていたからだ。

将軍家斉は、父親に早く死に別れた鷹之介を不憫《ふびん》に思うのか、ことあるごとに、

「鷹よ、鷹よ……」

と、声をかけてくれていた。

巷では、

「俗物将軍」

などと揶揄《やゆ》されているとの評判が耳に届くが、何ごとにも鷹揚《おうよう》で身体壮健、長く将軍の座にいることで、世の政《まつりごと》は安定を見て、その結果、文化芸術、武芸に至るまで発展を遂げていると見る向きもある。

鷹之介はその意見こそが正しいと信じている。

家斉はその生涯において、妻妾十六人との間に、男子二十六人、女子二十七人をもうけた。

それゆえ、何もせずに房事に励んでいたと陰口を利《き》かれるのであろうが、学問にも造詣が深く、剣術は柳生《やぎゅう》但馬守《たじまのかみ》俊則《としのり》に習い、相当に極めたとも聞いている。

色事についてはまったく疎い鷹之介ではあるが、三年前に身罷《みまか》った生母・喜美《よしみ》は、

「御体が御丈夫で御心がおやさしいゆえに、ついお情けをかけておしまいになるのでしょう」

と、将軍家斉の子だくさんについて語ったことがあった。

つまり、そのやさしさゆえに妻妾達を満遍《まんべん》なく慈《いつく》しまんとしたことが、子だくさんになって表われたというのである。

鷹之介は妙に納得がいった。

確かに家斉という将軍はやさしい人である。

ただ尊大に構えているだけではなく、家来への気遣いを忘れない。

名前や親兄弟のことなども、驚くべき記憶力で、頭の中にきっちりと刻まれている。

鷹之介は、天下人への絶対的服従だけではなく、家斉を人として素直に敬愛していたのである。

その家斉の声がかりで、鷹之介が若年寄《わかどしより》・京極周防守《きょうごくすおうのかみ》からの呼び出しを受けたのは、やっと梅雨が明けたある日のことであった。

——遂にこの日が来たか！

周防守の上屋敷へと出向くようにとのことであるが、訪問の日取りはその通達を受けてから二日後で、鷹之介はいても立ってもいられずに、仏間で手を合わせ心を落ち着けたものだ。

晴れの日のこととて、当日は老臣・高宮松之丞が自ら中間《ちゅうげん》を率いて供をした。

「わざわざ若年寄様が御屋敷へ御召しになるというのは。きっと込み入った話なのでござりましょう」

松之丞は声を弾ませた。

先代の孫右衛門が亡くなった時、鷹之介はまだ元服前の十三歳であった。

一旦、養子を立て、鷹之介成長のみぎりまで様子を見てはどうかという話も俄《にわか》に湧き上がったが、

「十三ともなれば立派な大人じゃ。既に元服は済ませているのであろう」

将軍家斉のこの一言で、鷹之介は元服を済ませていたものとされ、無事家督を継

いだ。

それからは、小姓組番衆として出仕するまでの間、鷹之介を喜美と共に支え、文武に秀でた旗本に養成してきたのは家士の松之丞で、彼にもその自負はある。

あれから十二年。惚れ惚れとするような若武者となった鷹之介が、父・孫右衛門を越える栄達への一歩を踏み出さんとしているのだから、この老臣の意気込みも弥《いや》が上にも盛り上がってくるのだ。

赤坂御門から永田馬場へと出て、京極屋敷へ。鷹之介は矍鑠《かくしやく》たる松之丞の足取りを嬉しそうに眺めながら、

「爺ィ、ただ一途に励んだ甲斐があったものだな。爺ィのお蔭じゃ」

穏やかに労りと感謝の言葉をかけて、老人を涙ぐませると、

「立身出世ばかりが武士の本懐とは言えぬが、この身が栄達を遂げれば、それだけ御恩ある上様の御役に立てるというものだ。それに、爺ィや皆にも良い想いをさせてやることも叶うであろう。それが何よりも嬉しいのだ」

ぐずついた空の下、実に爽やかな表情を浮かべた。

——真に、日の本一の若殿じゃ。

松之丞は何度も目頭を拭ったが、そのうちに京極屋敷が見えてきた。

三

京極周防守は、丹後峰山《たんごみねやま》一万千百石の大名であるが、幕府の要職を務める身ゆえか、屋敷は三千坪からあり、内福《ないふく》なのであろう、塀や壁にも綻《ほころ》びがなく、随分と立派である。

自ずと鷹之介の緊張も高まった。

松之丞たち従者は、門脇の腰掛所に待ち、鷹之介は書院へと通された。

周防守高備《たかまさ》は齢《よわい》六十二。先代・備前守《びぜんのかみ》高久《たかひさ》も若年寄を務めていたので、その間は家政を取り仕切り、高久亡き後は幕政に参与した。

それだけに、何ごとにおいてもそつがなく、旗本、御家人《ごけにん》を支配する重職をもこなしてきた。

鷹之介が所属する小姓組番は、番頭《ばんがしら》、組頭《くみがしら》、番衆からなるのだが、これは若年寄支配であるから、鷹之介が直《じか》に言葉をかけられるのは大きな栄誉であった。

「久しいのう」

周防守は会うや親しみを込めて言った。

ほとんど顔を合わせたことはなかったが、物事に長じた周防守は、長年の付合いであるかのごとく振舞い、まず鷹之介の緊張をほぐした。

「御目通りが叶い、恐悦至極《きょうえつしごく》に存じまする」

鷹之介は、あくまでも姿勢を正して、周防守の言葉を待った。

周防守はというと、いきなり本題に入らずに近頃の将軍・家斉の様子を語り始める。

「このところ上様は、聞いたことのないような武芸の流派に取り憑《つ》かれておいでのようじゃ」

「聞いたことのない武芸の流派、と申しますと……」

「もう今では滅んでしもうたのではないかというようなものじゃ」

「なるほど、滅びゆくものにも目を向けてやる。おやさしい上様ならではのことかと存じまする」

「左様、心得るか」

「ははッ……」

家斉の名が出ると、神仏を崇《あが》めるように畏《かしこ》まる鷹之介に目を細めながら、

「真に上様はおやさしい。あらゆる武芸において一流を生《な》した者には、それなりの研鑽があり、理屈があってのものじゃ。流行《はや》らなんだゆえに、これを打ち捨てておいてよいものではないと仰せでのう」

いかにもそうであると、鷹之介はまた畏まった。

「とは申せ、流行らぬ武芸には、流行らぬだけの理由もあろう。ただ己が道楽で立てた流派などに、いちいち手を差し伸べてはおれぬ」

「それもまた、ごもっともにござります」

「左様、心得るか」

「ははッ……」

「ならば、何といたせばよいのであろうのう」

「さて、それは……」

そこは、聡明な鷹之介である。家斉に俄な問いを投げかけられた時のごとく、

「流儀が滅ぶ滅ばぬは時勢の流れと存じまするが、せめて、その流儀がいかなる所

縁をもって生まれたのか、またどのような心得、技を習得すべきものかを、書き留めておけばいかがかと存じまする」

素早く己が考えを述べた。

「うむ、もっともじゃ。上様も武芸帖編纂《へんさん》が望まれると、そのように仰せられた」

周防守は大きく頷《うなず》いてみせた。

鷹之介は嬉しくなって、

「さりながら、滅びかけた流派となれば、その今を探し求めるのは、なかなかに骨の折れることかと、推察いたしまするが……」

と、言葉を添えた。

方々から資料を集め、時に行方知れずの者を探索して話を聞き取る――。

真に地味で苦労が多く、報われぬ仕事だと思ったが、さすがにその言葉は腹の内へと呑み込んで、

「それでも、武芸帖編纂は、大いに意義のあることと存じまする」

と、家斉の想いを称《たた》えた。

「左様、心得るか」

「ははッ！」

周防守は、またひとつ大きく頷いてみせると、

「ちと、話が長うなったの」

鷹之介に頬笑んだ。

「そなたをこれへ呼び出《いだ》したのは別なることでもない」

いよいよ話がきたと、鷹之介は威儀を正した。

「これは、上様からの御達しでな」

「ははッ！」

鷹之介は、這《は》い蹲《つくば》うように頭を下げた。

「ついては、近々その武芸帖編纂所を立ち上げたいとの仰せで、それをそなたに任せたいとのことじゃ」

「ははッ、ありがたき幸せに……」

鷹之介は言いかけて、はッと我に返り、

「何と……、わたくしにその武芸帖を編纂せよと……」

目を丸くした。

「左様。武芸帖編纂所頭取というのがそなたの御役じゃ。大いに意義のあることじゃ。励むがよいぞ」

周防守は、頰笑みつつ威儀を正した。

――しまった。見事に乗せられた。

鷹之介は内心歯嚙みをしたが、元より主命とあれば否《いや》も応《おう》もない。

「畏まってござりまする……」

ありがたがって、この御役を拝命するしかなかった。

「編纂所は、そなたの屋敷の隣の空き地に新たに設けよう。そなただけでは心許《こころもと》なかろう。編纂所と共に、頼りになる武芸者を一人付けよう……」

それから周防守は、淡々とその計画について鷹之介に語り聞かせた。

さすがに数々の案件を処理する若年寄である。話には無駄がなく、わかり易かった。

しかし、鷹之介にはまるで耳から体の中にその言葉が入ってこなかった。

話はかなり具体化していて、月の用度が十両出るとか、編纂所に吏員《りいん》を増やす場合は、新設に当たって併設する長屋に住まわせ、まずは五人扶持《ふち》を遣わすものとする、などとなかなかに事細かであった。

――ということは、少し前からもうこの御役替えは決まっていたと見える。

鷹之介はそれに呆然とした。

「そなたに、新たな御召があるやもしれぬな」

などと組頭に言われて、内心わくわくとしていたが、実はこんな話が進んでいたとは、笑い種ではないか。

「まずそのようなところじゃ」

京極周防守は、一通り伝えると、

「口で言うたところでようわからぬであろう。詳細を記したものを書付にしてあるゆえ渡しておこう。また改めて沙汰《さた》をいたすゆえ、まず屋敷へ帰り用意をいたすがよい。楽しみじゃのう」

そのように締め括《くく》ったのである。

四

「そんなにお辛い御役替えなのでしょうかねえ……」

老女の槇《まき》が言った。

「それはもう辛うございましょう。御小姓組の御役は、上様の御側近くにお仕えする、晴れがましい御役ですからな」

まだ二十歳を少し過ぎたくらいの若党《わかとう》・原口鉄太郎《はらぐちてつたろう》が応えた。

「武芸帖編纂所頭取、というのでしょう。これはひとつの御役所の御頭ではございませぬか」

「いやいや、確かに字面を眺めただけではよさげに見えるが、武芸帖の編纂など何年かかるか知れたものではない。これではしばらく出世の機会を得ることも叶いますまい。このような言い方をしてはいけませぬが、殿は貧乏くじを引かされたような……」

鉄太郎は嘆いた。

「そのようなものなのですか？」

槇は納得のいかぬ表情で、高宮松之丞を見た。

「う〜む……」

松之丞は応える替りに、腕組みをしてひとつ唸った。

声を潜めて話す三人を、中間の平助《へいすけ》、覚内《かくない》、下女のお梅《うめ》が心配そうに見ていた。

彼らはいずれも新宮家に仕える者である。

その若き当主・新宮鷹之介は、京極周防守の屋敷を辞すと、

「殿、いかがでござりましたか」

主人の出世を信じて止まない松之丞に、

「どうもこうもない……」

と、仏頂面《ぶっちょうづら》で応じ、道々ぽつりぽつりと事の次第を告げると、後はただ黙りこくって、仏間に籠《こも》ってしまった。

こうなると、そっとしておくしかない。

日頃は家来思いで、いつも温かい言葉をかけ、何事にも前向きな主であるだけに、奉公人たちは面食らい、いつの間にか、台所に集まってきたというわけだ。

新宮鷹之介の屋敷は、赤坂丹後坂《あかさかたんござか》にある。

三百俵の旗本屋敷であるから片番所付きの長屋門があり、その両脇に家来達が暮らす御長屋がある。

一応は、奥と表に屋敷内は分かれている体《てい》はとっているが、既に先代・孫右衛門の妻女で、鷹之介の母である喜美は亡くなっている。

鷹之介は務め第一で未だ妻を娶《めと》っていないので、奥には喜美付きの女中であった槙と、下女のお梅の住居があるだけとなっていた。

それゆえ、実質的には表と奥の区別もなく奉公人達の仕事がひとつになる台所が、自ずと集合場になっているのだ。

高宮松之丞を筆頭に、新宮家の家人達は、鷹之介が、御書院番《ごしょいんばん》御徒頭《おかちがしら》か目付《めつけ》にでも栄進すると期待していた。

それらを経て、御先手組頭にでも昇進すれば、役高は千五百石である。それは皆にとっても誇らしくて幸運な結果を招くであろう。

だが、この度の御達しで、その想いは一変した。

武芸帖編纂所頭取などと、御大層な肩書きがついているが、禄高は変わらない。

僅《わず》かに役料が追加されるものの、このような役儀ではあれこれ目に見えない入用があり、かえって台所事情は苦しくならないだろうか。まずそれが心配であった。

そして何よりも案じられるのは、この度の御達しで、鷹之介がいたく落ち込んでいることに違いない。それに尽きた。

今までは交代勤めで、殿中に宿直《とのい》し、朝は颯爽《さっそう》と登城をした鷹之介が、この先は隣の空き地に隣設される武芸帖編纂所での暮らしを余儀なくされるのであるから、失意の余りに、

「ふん、やってられるか……」

今までの反動によって、ほとんど屋敷内に閉じ籠ってしまうのではないか。

また、若年寄・京極周防守が、

「……頼りになる武芸者を一人付けよう」

と、言ったそうだが、これも気にかかる。

公儀が隣地に編纂所を新設してくれるそうだが、建てるのに少なくとも二、三ヶ月はかかろう。

その間は、新宮屋敷に編纂所を仮に設け、その宿舎も用意せねばならぬという。

武芸者の名は〝水軒三右衛門《すいけんさんえもん》〟というらしい。かつて柳生但馬守俊則の門人として、相当の腕前を誇ったようだから、

「気難しい御方ではないのだろうか」

「下手に機嫌を損ねたら、首をとばされるのではないか」

などという不安が起こる。

今日か明日にでも来るわけではないと、鷹之介は言うが、さらに詳しい話を聞きたくなるというものだ。

「殿が御心痛なのは確かじゃ。今はそっと御様子を窺い、御心が落ち着かれるのを待つとしよう」

松之丞は、とりあえず台所での会議をそのように締め括り、

「だが、某《それがし》は此度《こたび》のことを悪うは思うておらぬ。武芸帖編纂は、畏《おそ》れ多くも上様が思いつかれたことじゃぞ。それをお任せくだされたというは、上様が日頃、我が殿を覚えておいでゆえ。大したものではないか。最前、槇殿が申された通り、頭取というは一手の御頭じゃ。これを立派に勤めあげれば、さらなる道が拓《ひら》けよう。殿ならば、きっとしてのけてみせられよう。そうではないか」

そして、自分自身に言い聞かせるように、力強く言い放った。

家中一同は、神妙に頷き合った。

思えば、このところは平穏無事な暮らしが続いていて、

「そのうち我が殿がご出世なされるであろう」

と高を括り、その時には自分達もおこぼれに与《あずか》れるであろうと、甘いことばかりを考えていた。

それが、鷹之介の武芸帖編纂所頭取就任によって、新宮家として新たな課題に取り組まねばならなくなってきたのだ。奉公の仕甲斐があるではないか。

「今こそ我らが忠義をお見せいたす時じゃ」

松之丞以下、思いを新たにしたのであった。

五

高宮松之丞が、家中の者達を前に言い放った言葉は、新宮鷹之介自身、

「そうあらねばならぬ。上様から拝命した役儀ではないか」

と、受け止めていた。

とはいうものの、これではまったく立身出世の道から外れてしまうという気持ちが邪魔をして、なかなか前を向けないでいた。

今までは、日々の務めを果たすことこそが大事であり、その結果が出世に繋《つな》がるものである。邪念を持ってはならぬと己が欲を抑えてきた。

しかし、その結果がこれであったと考えると、あまりにも虚《むな》しかった。

それと共に、将軍家斉が自分を買ってくれている、慈しんでくれていると、勝手に思い込んでいたことが情けなかった。

「父上、父上がお志半ばで終えられたこの御役を、わたくしは務めあげられませなんだ……」

鷹之介は仏間で亡き父・孫右衛門に詫びていた。

孫右衛門は、鷹之介と同じく剣術を鏡心明智流に学び、並々ならぬ力量を示した。

その腕を評価されて、小普請《こぶしん》から小姓組番衆を拝命したのである。

生一本《きいっぽん》な気性は、時に頑強の謗《そし》りを受けたが、それも武士の愛敬《あいきょう》であると、周囲の者からは一目置かれていた。

将軍家斉からも、

「彼《か》の者が控えおるだけで、何やら心強い」

と称され、鷹之介に対しては、

「このおれは、新宮家にひと筋の光明《こうみよう》をもたらしたと思うておる。それを確かな輝きにするのがそなたの役目と心得よ」

期待を込めてそう言い聞かせていた。

その頃を思い出すと、胸が痛くなる。

孫右衛門が死んだのは、天災の事故に巻き込まれたとされているが、それは表向きの方便で、実は謎の討ち死にを遂げていた。

十二年前、家斉が鷹狩りに出た折、これに供奉《ぐぶ》したのだが、中山御立場《なかやまおたてば》の裏手で手傷を受けて倒れていて、助け出されたものの、やがて息を引き取った。

警護《けいご》の最中に曲者《くせもの》を見つけ、これと斬り結んだ末に倒れたようだ。

その曲者の正体はわからぬまま今に至るが、孫右衛門の刀には刃に血が付いていたというから、一太刀浴びせて追い払ったものの、力尽きたのであろう。

「上様に面目が……」

孫右衛門は、その一言だけを遺した。

相手を打ち損じたこと。それによって己が役儀をまっとう出来なくなったことが不甲斐なく、家斉に面目が立たぬと言いたかったのは明らかであった。

鷹之介のこれまでの精勤は、父の言葉を踏まえたものでもあった。

そして、将軍家斉は新宮孫右衛門の忠義を称し、その遺子・鷹之介を目をかけかわいがった。

それは周囲の者も一様に認めるところであったのだが、鷹之介はそこに自分は胡《あ》坐《ぐら》をかいてきたのではなかったかと苦しんだ。

周りの者達の言葉に躍らされて、近々御役替えによって栄達するのだと信じていた自分が滑稽に思われた。

「いや、それにしても……」

この言葉ばかりが口をつく。

自分の思いあがりとはいえ、家斉が目をかけてくれたのは確かである。

それゆえすぐに名が思い浮かんだのかもしれぬが、武芸帖編纂所頭取に封ずるとはいかなることか。

京極邸では、周防守に対して、

「武芸帖編纂は、大いに意義のあることと存じまする」

などと言って、滅びかけた流派に目を向けるとは、いかにも家斉らしいやさしさだと言ったものだが、将軍の気まぐれ、思い付きで生じた役目に違いはない。

〝頭取〟と名前ばかりは立派だが、付けられるのは水軒三右衛門なる武芸者一人で、もうこれは左遷に等しいのではないかと思ってしまう。真に必要な家来ならば、側近くに置いて、しかるべき時に何年間か、京、大坂、駿府《すんぷ》などに行かせ、再び江戸に留め置くのではなかろうか。

――何を言っても愚痴になる。想いは堂々巡りを繰り返す。

嘆き悲しむのは今日を限りにしよう。武士らしく、男らしく、己が運命に向き合って、精一杯の忠勤に励むのだ。

仏間で瞑想《めいそう》し、この想いに至るまで二刻《ふたとき》ばかりかかった。

障子からは夕陽が差し込んでいた。

「よし！」

鷹之介は仏壇に一礼すると、すっくと立ち上がり、部屋を出て武芸場へと向かった。

そこは玄関を入って、左手の廊下の突き当りを曲がったところにある。生前、父・孫右衛門が板間を建て増して稽古場にしたもので、十坪ほどの広さがあった。

居合の稽古などをしていたものだ。

孫右衛門もここでよく真剣を抜き放ち、ここで千本素振りをしておれ！」

今もここに入ると、

「たるんでおるぞ、鷹之介！　ここで千本素振りをしておれ！」

父の声が聞こえてきそうである。

「ええいッ！」

邪念を払うように、鷹之介は抜刀した。

水心子正秀《すいしんしまさひで》二尺二寸八分。父・孫右衛門が敵に一太刀浴びせ、息絶えたという曰《いわ》く付きの打刀《うちがたな》である。

――父上、これでまた敵を見つけるのが難しゅうなりました。

鷹之介は心の内で父に詫びた。あの日、父を斬って逃亡したとされる男は未だわからぬが、鷹之介は当時のことを知る番衆に手掛かりはないか、当っていたのだが、これからはそれも思うままに出来ぬであろう。

いつか討ち果してやろうと思うが、これもまた公儀に委ねるしかない。

――されど、何事も信念を失わねば、いつの日かきっと。

「やあッ！」

再び鷹之介の剣が虚空《こくう》を斬り裂いた。

――自分には剣がある。

これを機会に、また剣に向き合うことも出来よう。

それを楽しみにせんと、鷹之介は納刀した。

すっかりと心が和《やわ》らいだ。

「よし……！」

鷹之介はしっかりと頷いて、廊下に向かい、

「これ、覗き見をするなど、はしたないぞ！」

と、大きな声をかけた。

はっと驚く気配と共に、板戸の隙間から鷹之介の様子を窺っていた家人達が、慌てて蹴つまずき、ドタバタと音を立てた。

「皆、案ずるな。この鷹之介はつまずいたりはせぬぞ」

からからと笑う顔は、精悍《せいかん》な若鷹のそれに戻っていた。

六

京極周防守の対処は早かった。

その翌日には、隣の空き地で編纂所の普請《ふしん》が始まり、周防守からの遣いが来て、

「何かお望みはございませぬか」

との問い合わせがあった。

既に設計等は承っているが、頭取である新宮鷹之介の意を反映させんという気遣いであった。

「委細《いさい》、お任せいたしまする」

鷹之介は随意になされよと、普請場にはまるで立ち会わなかった。

——手回しの好《い》いことだ。

将軍家斉が思い付いた案を、周防守が上手にまとめて、大工の棟梁《とうりよう》に施工させたのであろうから、抜かりはないはずだ。

出来あがったものを見て、それを自分に馴染ませればよいと思ったのだ。

「左様でござりまするか……」

使者は、ほっとした表情で諸々予定を告げた。

完成までは約二ヶ月ほどだという。

「それはよろしいが、水軒三右衛門殿は、いつ参られるのでござろう」

鷹之介はそのことが気になっていた。

「それが、確《しか》と知れませいで……」

使者は困った表情を浮かべた。

「確と知れぬ？」

「予《かね》て用件は伝わっているはずなのでござるが、いずれかに旅へ出られたのか、繋ぎが取れませぬ」

「旅へ出られた？」

鷹之介は怪訝《けげん》な顔をした。

「何か行き違いがござったようにて……」

使者は言葉を濁して、

「されど、ほどのう参られるかと存じまする」

「左様でござるか。ならばまずお待ち申そう」

鷹之介は、使者もよくわかっていないのであろうと、それ以上は問わなかったが、使者が立ち去ると、憮然《ぶぜん》たる表情で、

「予て用件は伝わっているというに、旅に出ているとは怪《け》しからぬ」

と、独《ひと》り言《ご》ちた。

武芸帖編纂は、畏れ多くも将軍家のお声がかりで始まった事業である。行き違いがあるようでは困る。まったく無礼な話ではないか――。

此度のことは、家斉の思い付きに過ぎぬと、周りの者達も軽く見ているのではなかろうか。そんな僻《ひが》んだ想いも湧いてくる。

水軒三右衛門――。

会ったこともない武芸者であるが、名前だけは聞き及んでいた。

柳生新陰流において抜群の腕前を誇ったが、大和《やまと》の柳生の里に引き籠り、中央剣界にはほとんど姿を現さなかった剣客であるそうな。

剣客の中には、やたらと世渡りばかりが上手な者もいる。だが、その多くは世渡

り下手で自分の剣をひたすら追い求める武士である。

特に柳生新陰流は、将軍家の剣術指南を務めるがゆえに、他流仕合《じあい》は禁じられていたし、謎に包まれたところが多い。

それゆえ、水軒三右衛門を付けると言われた時は期待が持てた。鷹之介自身、剣術には随分と打ち込んできたので、三右衛門の武芸談を聞くのも楽しみであった。

それが、未だに動向がわからぬというのはふざけている。

水軒三右衛門に対する印象が一気に悪くなった。

あれほどに、万事抜かりのない若年寄・京極周防守が、かくもいい加減な手配をするというのも信じられなかった。

とはいえ、各大名家の使者が数人、新宮屋敷を訪れて、鷹之介はその対応に追われ、その日は三右衛門どころではなくなった。

周防守の根回しによって、諸家が自国に伝わる武芸の諸流派の名称と謂《いわ》れを記した武芸帖を届けに来たのである。

鷹之介は、使者に丁重に礼を述べ、使者には心付け、家には扇、反物などの進物《しんもつ》の品を贈った。

これらは、周防守が使者に命じて、既に朝から新宮屋敷に運び入れてあった。

高宮松之丞、原口鉄太郎も、鷹之介に従って慌ただしく立ち動いたので、俄《にわか》に屋敷に活気が出たが、やがて武芸帖を受け取っては進物を渡すという仕事にもうんざりしてきた。

それは鷹之介とて同じで、使者が絶えた頃に、これらを一旦武芸場に運ばせ、周到に分けて保管し、早速読んでみたが、どれも流派名の他には創始者の名と、手短かに流儀の技について解説を加えているだけの物ばかりで、取り立てて見るべき物はなかった。

記した者達は、俄な資料提出の命に当惑し、とりあえず早く厄介事は済ましておこうというところなのであろう。字を見れば、筆に心が籠っていないのがよくわかる。

そもそも、剣術や武芸などというものは、その師範に生身の体をもってぶつかり、教えを請わねば、何も体得出来ない。

役人などが資料をまとめた物を読んだとて、鷹之介の心には響いてこなかった。

それでも、こうして書物に記すことによって、武術の体系がまとまるのは確かである。

読んでおくのも後学であると思い直し、一通り目を通しはしたが、何事も頭ではなく体で覚えるのを旨とする若き武士には、やはり物足らぬ。

きりりとした裃《かみしも》姿で、江戸城中に勤めた日が、随分と昔のように思えてきて、

——自分はいったい何をしているのであろう。

言い知れぬ焦燥が込みあげてきた。

高宮松之丞は、鷹之介の想いを察しながらも、武芸場にやって来ると、

「殿、方々の御家から御使者が見えるなど、爺ィめは、誇らしゅうございましたぞ」

殊更《ことさら》に無邪気な物言いをした。

松之丞が喜んでいる姿を見ると、鷹之介も幾分心が和んできて、

「爺ィ、しばらくの間は、方々から武芸帖が届くであろう。差配を頼むぞ」

と、にこやかに声をかけることが出来た。

——腐っていても何も始まらぬ。

そうしてまた心を奮い立たせたのであるが、気持ちが昂揚《こうよう》すると、水軒三右衛門に対する苛立ちがもたげてきて、

「爺イ、水軒三右衛門なる者が、何かの手違いで、いつここへ来るやもしれぬそうなのだが、どうも腑《ふ》に落ちぬ」

「それは確かに……」

「すまぬが身共《みども》はここを動けぬゆえ、水軒三右衛門なる者の評判など、集めてはくれぬか」

「ははッ、委細お任せくださりませ」

松之丞は、厳しい表情となった鷹之介の様子を見て、彼もまた声を低くした。

鷹之介からこのような頼まれごとをされるのは初めてであったし、松之丞にしてみても、水軒三右衛門に対して、

「いささか無礼ではないか」

と、家中の者達共々憤《いきどお》っていたところであったのだ。

七

それから三日がたったが、依然、水軒三右衛門は現れなかった。

新宮屋敷には、引き続き諸家の使者が武芸帖を届けに訪ねてきて、鷹之介と家中の者達は慌ただしく過ごしたが、その間、高宮松之丞は水軒三右衛門についての噂を仕入れに奔《はし》った。

松之丞の甥に当たる者が、柳生家江戸屋敷の勘定方に出仕していて、まずこれを訪ねた後、その話をもとにいくつか心当たりを廻ってみたのである。

「いやいや、殿、あまりよい評判は伝わっておりませぬな」

その調べによると、水軒三右衛門は紀州の出で、大和柳生の里で剣術を学び、剣客として頭角を現した。

柳生家先代の柳生但馬守俊則は、三右衛門に目をかけて、柳生家で召し抱えようとしたが、

「この三右衛門は、ただ先生の弟子でいとうござりまする」

と、どこまでも浪人を貫いたという。

俊則はそういう三右衛門をおもしろがって、弟子として側に置いたのだが、俊則は将軍家の剣術指南役であるから、必然的に江戸での暮らしをも余儀なくされた。師の言いつけはよく守ったが、仕官を断り、あくまで浪人の身を通さんとしたほどであるから、どんな時でも悠然としていて、誰に対してもはっきりと物を言った。

そんなところが、時に貴人に気に入られ、柳生俊則の供として、家斉の剣術指南の場に控えることを許されたりもした。

ところが、いつの頃からか、ぱったりと俊則の側近くにいる姿が見られなくなり、世間では、

「思うがままに口を利《き》くゆえ、それが御偉方《おえらがた》の逆鱗《げきりん》に触れたのであろう」

と囁《ささや》かれた。

柳生家江戸屋敷に出入りすることも、ぱたりとなくなったが、俊則はそれについて何も語らぬまま、二年前に亡くなったという。

松之丞は、甥の伝《つて》によって、かつて水軒三右衛門がよく出かけていたという、芝《しば》神明《しんめい》の居酒屋にも足を運んでみた。

それとなく店の者に話を訊いてみると、三右衛門はかなりの酒好きで、そこへもよく飲みに来ていたが、もう十年以上姿を見せていないという。来なくなる少し前から、酒量はさらに増え、この店でも何度か喧嘩沙汰を起こしていたのだそうな。

高宮松之丞が、それらの話から察するところ、

「彼の御仁は、思い上がった口を利くので、方々で人に憎まれ、その上に酒癖が悪く乱暴者であるゆえに、やがて江戸にもいられなくなったのではござりませぬかな」

で、あるようだ。

「う〜む……。怪しからぬな」

鷹之介は唸った。

柳生新陰流は、将軍家が学ぶ剣術流派である。その高弟たる者が、酒に酔って町場で喧嘩沙汰を起こすなど、決してあってはならぬことである。

鷹之介は、武芸を修練するのは、喧嘩に強くなるためではないと断じている。それだけに、それが真実ならば、水軒三右衛門は軽蔑に値する人物だと思わざるをえ

ない。

「だが、そのような破落戸《ごろつき》まがいの者を、何ゆえまた武芸帖編纂に関わらせるのであろう」

たとえば家斉が思い付きで、

「そういえば、あの水軒三右衛門なる男は、今何をしておる」

などと言い出したとて、諸事万端において抜かりのない京極周防守である。そこは上手《うま》くかわして、編纂所に関わらぬようにもっていくはずである。

「はい。爺ィめもそれを思うておりました」

「この十数年の間に、心を入れ替えたのかもしれぬな」

「或いはそうかもしれませぬ。いや、そうであってもらいとうござりまするが、人の性根というのは、なかなか変わらぬものにござりますれば、お気を付けられた方がよいかと存じまする」

「そうじゃな。年老いて行くところもなく、柳生様に泣きついたとも考えられるな」

「十分に考えられまするぞ。殿の与力《よりき》になれば、この先無事に暮らしていけると、武芸帖編纂所の話に飛びついた……」

「だが、そうと決まってしまえば心も緩み、どこかで遊び呆けていて、繋ぎが取れぬのかも知れぬ」

鷹之介は、話すうちにますます不快になっていた。京極周防守は、

「そなただけでは心許なかろう。編纂所と共に、頼りになる武芸者を一人付けよう……」

などと言ったが、頼りになる武芸者がこれでは先行きが思いやられるのではないか。

「まず当てにするのはやめよう。鷹之介一人で武芸帖編纂をしてのけようではないか。いや一人ではなかったな。爺ィも鉄太郎もいる。このまますぶらぬよう、よろしく頼んだぞ」

この日も、諸家から届けられた武芸帖の整理に苦労した。これもすぐに一段落するであろうが、武芸帖編纂所頭取という役目は、思った以上に大変である。

かくなる上は、これも戦と心得て、新宮家の命運をかけて戦ってやると、主従は固く誓い合ったのである。

八

それからさらに二日がたった。

相変わらず水軒三右衛門は姿を現わさなかったし、それについて京極周防守からの報《しら》せはなかった。

そして、諸家からの武芸帖は次々に届けられ、隣地での編纂所普請は、勢いよく進められていた。

つい己が役儀についてむきになって務めてしまうきらいのある新宮鷹之介は、届けられた武芸帖には隈なく目を通し、これを国別地域別によくわかるように並べ置き、どの棚に何があるか一目瞭然にわかるよう目録《もくろく》なども拵《こしら》えてみた。

そして、普請場にも必ず一度は顔を出し、進み具合を把握せんと努めた。

真新しい材木の香りが心地よい。

大工達の威勢のよい仕事ぶりを眺めていると、これだけの人と金を注ぎ込んでの武芸帖編纂が始まるのである。

稽古場とそれに附随する書院、広間など、母屋は二十坪ばかり、併設される長屋は奥行き二間《けん》、間口十間のこぢんまりとした施設ではあるが、新たに建設したものを任されるのであるから、気分は悪くない。

「これはお殿様、お暑うございます」

大工達が声をかけてくるのも心地よい。

普請場を眺めていると、あらゆる雑念が消えていくような気がした。

「よし！」

草履を取る平助を従えて、隣の屋敷へ戻らんとした時、

「新宮殿の御家中か」

と、呼び止める声がした。

声の主に向き直ると、四十半ばと思《おぼ》しき武士がそこにいた。

大小をたばさみ、袴《はかま》を見に着けてはいるものの、銀鼠《ぎんねず》であったと思われる小袖はよれよれで垢染《あかじ》んでいた
顎《あご》の張ったいかつい顔付きであるが、ぎょろりとした目と、ぶ厚い唇はどこか笑っているようで、この男の表情を和やかにしていた。

「御家中？」

平助が口を尖らせて、

「お殿様でござりまするぞ」

思わず武士を詰《なじ》るように応えたが、すぐに余計なことを言ったかもしれぬと咳払いをした。

「おう、これは御無礼……」

武士は、まじまじと鷹之介を見つめて、

「いかにもそのようじゃ」

にこりと笑った。

「貴殿は……？」

鷹之介が怪訝な顔で問うと、

「水軒三右衛門にござる。やっとのことで参上仕《つかまつ》った」

と、悪びれもせずに応えたものだ。

「水軒殿か……。まずはこれへ……」

その、余りにも堂々とした遅参ぶりに、鷹之介はすっかり気を呑まれ、目を丸くしている平助を走らせて屋敷に請《しよう》じ入れたのである。


現われねばそれはそれで騒ぎ、現われるとさらに騒ぐ——。

松之丞を始めとする新宮家の面々は、遂に姿を現した水軒三右衛門に興味津々で、何とかして鷹之介との対面を覗き見ようとした。

中間の平助と覚内は、

「やはり、いかにも強そうだな」

「ああ、歳はくっているが、体の引き締まり具合は半端じゃあねえぞ」

などと言い合ったが、若党の原口鉄太郎は、

「だからといって何なのだ。殿の腕前を知っていよう。殿は桃井先生の門下でも右に出る者がいないというほどの御方なのだぞ。まああの御仁も、おやさしい殿を怒らせないことだな」

と、うそぶいた。

鉄太郎は、書院で鷹之介と改めて対面する三右衛門に茶を供し、その物腰を間近に見て、

「大した者でもない」

と見ていたのだ。

槇とお梅はそんなものかと、よくわからぬままにそれを聞いていたが、高宮松之丞は長じているだけに、

「う～む、あれは一筋縄ではいかぬぞ」

と、鷹之介にとっていかなる存在になるか注意深く見守っていた。

当の水軒三右衛門は、鷹之介が今まで気を揉んでいたことを知るや知らずや、

「いやいや、遅うなって申し訳なかったが、頭取は文武に秀でたしっかり者だとか。このような老いぼれがいつ来ようと、さのみ気にもならなんだのではござらぬかのう」

と、遅参を詫びつつ笑いとばした。

――無礼な。

鷹之介はむっとしたが、考えてみれば、三右衛門の言う通りである。こんな老いぼれがいつ来ようと、どうせ役に立たぬのであるから、そもそも気にするまでもなかったのだ。ここは相手を呑んでかかろうと、

「確かに、さのみ気にはしておらなんだが……」

少し皮肉を込めてから、

「御公儀からのお達しの中に、この江戸にあって滅びんとしている武芸の流派を、水軒殿と談合の上、探索すべしという事柄がござる。となれば、これは某《それがし》一人ではできかねぬ」

と、厳しい口調で言った。

「左様でござったな。その儀については、この三右衛門が調べて書き出しておくようにとの仰せでござった。だが頭取、そう急《せ》くこともござるまいて。この先は長《なご》うござるよ。ははは、後ほど某がまとめた書付をお見せいたそう」

しかし、暖簾《のれん》に腕押しとはこのことであろうか。三右衛門は笑いながら、むしろ鷹之介を諭すように言う。

鷹之介は、またもむっとした。

笑っている場合でもなかろう。その上に、

「この先は長うござるよ」

という言葉が引っかかった。

もしや自分のお務めは、武芸帖編纂所頭取で終ってしまうのではないかという不安を、大いにかき立てる言葉であった。

とはいえ、この男に悪気はないようだ。

口数少なく陰険な武芸者であれば困ると思っていたが、そうではないのが救いである。

来たばかりのことであるし、相手は父親と言っていいくらいの年恰好である。ここは労りを見せてやるのが武士であろう。

「左様でござるか。今日のところは、まずゆるりとなされよ。せめて一献……」

と、歓迎の宴を催したのであった。

「これは忝《かたじけな》し」

水軒三右衛門は、素直に喜んだ。

武芸帖編纂所が完成なるまでは、武芸場脇の書院を居室として用意していることを告げると、

「それはありがたいが、ありがた過ぎてかえって気づまりでござる。御家来衆と同じ御長屋に空きはござらぬかな」

そう言って、あくまでも御長屋の物置になっている一室を望んだ。

そういうところは、いかにも野に伏し、山に伏す求道者の趣《おもむき》があり、鷹之介はいささか見直したのだが、

「いやはや、酒と申すは真に毒でござるな」

差し向かいで宴を催すと、その〝毒〟を次々と腹に流し込んで、鼻息が荒くなった。

やはり高宮松之丞が聞いた通り、この男の酒癖はあまりよくないようだ。

「武芸帖の編纂など何の役に立つのでござろう。滅びゆく武芸は、くだらぬゆえに滅びるのだ。そんなものを振り返ってみたとて、詮なきことでござるよ」

ずけずけとした物言いが、酔いと共に激しくなってきた。それでいて、

「さりながら、そういう詮なきことに手間暇をかける。それが上様の粋なところでもある。お蔭でこの三右衛門も、こうしてめでたく酒食にありつけたというところでござる」

などとありがたがったりもする。

言っていることは決して間違ってはいないのだが、

「まあ、武芸帖の編纂など、一人前の男がする仕事でもござらぬが……」

などというのが、どうも癇《かん》に障《さわ》る。

酒宴の席とはいえ、頭取として遅参の理由を問うておくべきである。

「して、ここ何日もの間は、どこで何をなされていたのかな？」

水を向けると、

「さて、それでござるが。ちと、これが災いいたしましてな」

三右衛門は、盃を掲げてみせた。

「久しぶりに芝神明の料理屋を訪ねて飲んでいたところ……」

店の者達は再会を懐かしみ、三右衛門が江戸で御公儀からの頼まれごとを果たさんとしていると聞くと大いに喜び、連日泊め置き、大騒ぎをしてもてなしてくれたのだという。

「だが、世の中はせちがらいものじゃ。勘定はしっかりと取りよる。今は持ち合せがないゆえに、付けにしておけと申したが、それもできぬとぬかしよる」

「それで、その料理屋に居続けたと……？」

「いかにも。五日の間、用心棒を務めてくれたらなかったことにしてやると言うので……」

「五日の間、用心棒を？」

「何のことはない。五日目に相撲崩れの常五郎《つねごろう》というのが店に訪ねて参った。こ奴はああだこうだと店に難癖をつけていて、その日も強請《ゆすり》に来たのでござるよ」

「で、そ奴を追い払ってくれと？」

「いかにも。これが口ほどにもない奴でござってな。ははは、頭取なら一捻《ひね》りというところじゃ。それで、常五郎にひとつ食らわせてやって、店から放免されたのでござる」

「なるほど。それゆえ身動きが取れず、これへはなかなか来れなんだと申されるか」

「いかにも。いや、面目ない。ははは……」

——何を笑っているのだ、この飲んだくれが。笑ってごまかせばよいものではないぞ。

鷹之介は、怒りを通り越して、こんな武士も世にあるものかと、珍獣を見る思いであった。

いつになったら現れるのだと思って気を揉んでいた間、この男は、町場で酒を飲み、代を払えなくなり、町の破落戸相手に用心棒暮らしをしていたわけである。新宮家に遣いを寄越し、借金の肩代わりを頼んでこなかったのが、せめてもの救いか――。

とどのつまり、若年寄も役人なのだ。こんな男でも、上様がその名を口になされたとあれば、召し出すしかない。それが出世の極意なのであろう。自分も三右衛門を受け入れるべきなのか――。

この瞬間にも、鷹之介の頭の中には、若さゆえの苦悩が駆け巡る。

二人の給仕をする松之丞と鉄太郎は、その様子がわかるだけに切なかった。

「して、最前申された、武芸流派をまとめたという書付はいずれに」

鷹之介は、遅参の理由などもうどうでもよいから、武芸帖編纂所での使命である、滅びかけた武芸諸流の探索に移りたかった。

水軒三右衛門に、調べて書き出しておくようにとのお達しがあり、三右衛門もこの儀については、一応、役目を果していたと思われる。

「それならば懐の内にござるが、何も今出さずともようござろう」

酒がまずくなると言いたげであったが、鷹之介の表情に険が立っているのに気付いたようで、

「頭取は生真面目な御仁じゃのう。いやいや結構結構……」

懐の内に手を入れて、紙片を取り出したが、よれよれの懐紙が出てくるばかりで、字が見当らない。

「うむ？　これは奇怪じゃな。ははは、そういうことか」

「どういうことでござるか？」

「その、芝神明の料理屋に風呂敷包みと共に忘れてきたようでござる」

「そういえば荷物を持たれておらなんだゆえに、後ほどどこぞから届くのかと思うていたが、そうではなかったようでござるな」

「いかにも。まあ、大した荷でもないゆえ、打ち捨てておくか……」

「その書付はいかほどの物でござろうや」

「巻き紙で広げると、二間（約三・六メートル）ばかりもござろう」

「それは御苦労でござったが、何を記したかそっくり覚えておいでか」

「いや、思いつくままに認《したた》めたものゆえ、初めのひとつか二つくらいしか……」

「ならば、すぐに引き取らねばなるまい！」

鷹之介は堪《たま》らず叫んでいた。

「うむ、ごもっとも。あと二合ばかり飲んだら引き取りに参るといたそう」

それでも三右衛門は盃を手から離さなかった。

九

「あのおやじめ、いったい何を考えておるのだ」

夜道に新宮鷹之介の声が幽《かす》かに響いた。

溜池沿いの桐畑の道を、彼は今ただ一人で歩いていた。

その前方を行く、水軒三右衛門の跡を密かにつけているのである。

三百俵取りとはいえ、鷹之介は歴とした旗本である。今まで一度たりとも供連れなしで外に出たことはなかった。

ましてや微行《びこう》で、誰かの跡をつけるなど初めてであった。

だが、そうせずにはいられなかった。

あの水軒三右衛門が、巻き紙で二間分くらいの長さに、あれこれと滅びつつある流派を書き留めていたというのは驚きであった。

酒宴の僅かな間では、三右衛門がここ何年もの間、何をして暮らしていたかはまるで聞き出せなかったが、武芸を忘れてただ酒を飲んでいたばかりでもなさそうだ。武芸の神髄を求めていたかどうかは知れぬが、廻国をして珍しい話などに触れ、江戸へ出て一流を起こしたものの、その後さっぱりと消息が知れぬという者の名を書き留めたりしていたのは事実らしい。

若年寄の京極周防守も、そこを買ったのなら話はわかる。

だがそれを町の料理屋に忘れてきたなどということがあるものか。

芝神明の、その店さえわかれば、若党の原口鉄太郎に中間の平助を付けて取りに行かせようと、鷹之介は強い口調で言ったのだが、

「いや、某が参ろう。先ほども申し上げたように、ちとややこしいところでござってな」

三右衛門はそう言って聞かずに、二合の酒をぐっと飲み干すと、単身屋敷を出たのであった。

——もしや、このまま戻って来ぬのではないか。

まさかそんなはずもないだろうが、三右衛門にはそういう、常人では到底理解出来ない危なかしいところがある。

三右衛門の実態を知る上でも、そっと跡をつけて見届けたくなったのだ。

望んで外へ出て来たわけではないが、夏の夜風は心地よかった。

旗本というものは、そもそもいざという時のために拝領した屋敷に控えていなければならない。外泊をするなどもっての外《ほか》であるから、こんな風に一人で夜歩きするのは新鮮ではある。

——気楽なものだ。

三右衛門はというと、夜歩きを楽しむように、ゆったりとした足取りで歩みを進めている。

道中、小売り酒屋を見つけると、徳利ごと買い求め、これを肩に担いで、時にぐびりとやりながら実に優雅なものだ。

その金は、文無しでは心許なかろうと、鷹之介が三右衛門に渡したものであった。

——まるで遊山《ゆさん》にでも出かけるようだ。急きも慌てもいたさぬわ。

鷹之介は、気取《けど》られぬようにと、時折物陰に潜みながら跡をつけている自分が馬鹿馬鹿しくなってきた。

やがて、愛宕下《あたごした》から神明町《しんめいちょう》へ。

すっかりと日も暮れたが、町はこれからが活き活きとしてくる。

自ら門限を決め、役儀の外は暮れ六ツ（午後六時）には屋敷にいるように努めてきた鷹之介であるから、昼の盛り場には何度か足を踏み入れたが、夜はほとんど馴染がなかった。

――なるほど、かくも賑々《にぎにぎ》しいものか。

料理屋、茶屋、楊弓《ようきゅう》場……。

あらゆる店の軒先で行灯《あんどん》が妖しい光を放っている。

光の道を歩むような錯覚に陥ったが、これを美しいと感じるのは悔しい。

女達の白粉《おしろい》に潰れた顔、甘ったるい嬌声を汚れたものとこそ思い、町の魔に取りつかれてしまった水軒三右衛門を〝不甲斐なし〟と断じて先を進んだ。

神明町に入ると、一軒の料理屋が見えた。そこは鷹之介が役儀上の付合いで入ったことのある料理屋とは趣が違う、居酒屋というべき下々の者が集う酒場であった。

赤提灯には丸に〝安〟の字が標されてある。

三右衛門はそこにふらふらと入っていった。

――こんないかがわしいところに、畏れ多くも上様のお声がかりで設けられた我が編纂所の指針となるべき書付を置き忘れるとは何ごとであろう。

鷹之介の憤りはますます募っていく。

そっと縄暖簾の隙間から中を窺うと、店の真ん中には通り庭のごとく土間が奥まで続いていて、その両脇には広い畳敷の入れ込みが設《しつら》えてあり、奥の暖簾口の向こうが板場で、いくつか小部屋があるのがわかる。

その小部屋で、三右衛門は数日居続けたのであろう。まず奥へとずかずかと入っていった。

しかし、すぐに三右衛門はとび出してきて鷹之介は危うく縄暖簾の傍から離れて、路地に隠れた。

三右衛門は〝丸安〟を出ると、難しい顔を浮かべて将監《しょうげん》橋の袂《たもと》へと向かった。手には何も持っていないので、風呂敷包みはここにはないのだろう。

鷹之介は怪訝な面持《おもも》ちで、さらにこれをつけると、橋の袂に鰻《うなぎ》の蒲焼きの屋台が出ていて、これを囲むように人相風体の悪い男達が串を手に酒を飲んでいる。

真ん中にあって、川端の切り株に腰かけて口の周りを油で光らせている大男が、近付いて来る三右衛門に向かって左手をかざした。

その手には風呂敷包みがあった。

「おい、それはおれのだ。返してくれ」

三右衛門が言った。

「馬鹿野郎、こいつは〝丸安〟から、昨夜の詫びにもらったんだよう」

大男が応えた。どうやら相撲崩れの常五郎というのは、この男のようだ。

昨夜、丸安に小遣いをせびりに行ったところ、三右衛門に追い払われて、その仕返しに大勢連れて丸安に押しかけ、三右衛門の忘れ物を手にして引き上げたようだ。

「丸安のおやじも怪しからぬ奴だ。おやじが頼むゆえ、おぬしに金をせびるのは勘弁してやってくれと話をしたというのに、もうおれを売り払うたとみえる」

三右衛門は、相変わらず人を食った物言いをした。

「馬鹿野郎！　やい三一《さんぴん》、話をしたとはどの口でぬかしやがる。手前はいきなりおれを刀の鐺《こじり》で突きやがった。いつものおれならどうってこたあねえものの、昨夜はいささか酔っていたから、足がもつれてそのまま帰ってやったが、今日はそうもいかねえぞ」

常五郎は三右衛門を睨《にら》みつけた。

「今日はそうもいかぬか。なるほど、お前の他に六人もいてはこっちは分《ぶ》が悪いな」

「やかましいやい。お前なんぞおれ一人で十分だが、お前みてえなのろまな野郎は、苦しまぎれにだんびらを振り回すかもしれねえから、こいつはその用心よ。この風呂敷包みが欲しいか」

「欲しい」

「欲しけりゃあ二両にまけてやらあ」

「二両か。生憎《あいにく》持ち合わせがない」

「けッ、二両の金も持ってねえのかい。とんだ用心棒だ」

「付けにしておいてくれぬか」

「付けだと? おう、皆、聞いたか。付けにしてくれだとよ。ふん、しみったれてやがるぜ。ようし、おれもこの辺りじゃあちょいと知られた常五郎だ。付けにしてやるから、こっちへ来な……」

「そうか、それはありがたい」

「こいつはその証文代わりだ！」

常五郎は、傍へと寄って来た三右衛門の横っ面をいきなり張り倒した。相撲崩れだけある。三右衛門は、うんと唸ってその場にへたり込んだ。

「へへへ、弱え侍だぜ。見たか、おれに喧嘩を売るとこうなるってことよ」

常五郎は、乾分《こぶん》達を見廻して高笑いをすると、三右衛門に風呂敷包みを投げつけて、その場を立ち去った。

遠目にこの様子を眺めていた鷹之介は、三右衛門もさることながら、風呂敷包みの中に収まっているであろう件の書付が気になったが、何も見なかったことにして屋敷へと駆け戻った。

こんな情けないところを見られたとわかれば、三右衛門にとっては堪え難い恥辱であろうと思ったのだ。

いくら相手が七人いようと、柳生新陰流を相当修めたという水軒三右衛門ではないか。破落戸相手に容赦はいらぬ。さっさと叩きのめして風呂敷包みを取り返せばよいのだ。

それが、張り手をひとつ食らって伸びてしまうとは、かつての名剣士も酒毒に冒され、戦の間合も忘れてしまったのであろうか。

かつて、剣の師・桃井春蔵直一は、

「強うなるのは大変であるが、弱うなるのはあっという間じゃ」

と、よく語ったものだ。

とにかく、三右衛門より早く屋敷へ戻らねばならぬと、鷹之介は駆けた。

あれこれ心配であったが、駆けるうちに件《くだん》の書付も水軒三右衛門も、屋敷に戻らねばそれはそれで自分の知ったことではない、どうにでもなれと思い始めていた。

十

その夜。

鷹之介が屋敷に戻ってから小半刻《こはんとき》（約三十分）ばかり遅れて、水軒三右衛門は屋敷に戻って来た。

いささか左の頬が腫《は》れているのを、からかってやろうかとも思ったが、

「御苦労にござった。諸事談合は明日のことといたそう」

それだけを告げて、その日は自室に籠って休んだ。

なにやら疲れる一日であった。

武芸帖編纂所としては、月に一度、支配である若年寄に、現状を報告する決りになっていた。

水軒三右衛門の言うように、そう急くこともなかろう。

「万事、水軒三右衛門と諮《はか》ればよい」

と言ったのは京極周防守なのであるから。

とはいえ、

「もうどうでもよい……」

そう思ってしまえば、それまでである。

三右衛門は、諸国行脚《あんぎゃ》による知識は持ち合わせているのであろう。これからは、淡々として役儀上の付合いをしていけばよかろう。

まず眠ってしまおう。夜は魔がさす。朝になれば気分も変わり、あの飲んだくれ

を上手に使いこなす妙案も浮かぼう。

鷹之介は高宮松之丞には何も語らず、自問自答を繰り返しつつ、眠りについた。

翌朝は快晴であった。臥所《ふしど》を出て障子を開け放ち陽光を浴びると、思った通り気分も晴れた。

「水軒殿は何をしておる」

朝餉《あさげ》をすませて鉄太郎に問うと、

「今は武芸場においでにござりまする」

という。

昨夜は、御長屋の空き部屋に住まいを得ると、中間の平助、覚内相手に軽口を叩いて、

「何事も勝手にいたすゆえ、構わんでくれ」

と、勝手に寝て起きて、朝餉も自から台所に出向いて、

「おう、かくも美人がこれにいたか」

下女のお梅を照れさせながらさっさとすませ、武芸場へ出仕したという。

「左様か」

何事も気儘《きまま》を好むのであろうが、悪いことではない。さすがに三右衛門も、町の破落戸《ごろつき》に張り倒されて、情けなさと共に反省の想いが湧いてきたのであろう。

鉄太郎もそのように感じたようで、

「殿に対して無礼の段もございましょうが、宮仕えをなされたこともないように存じまする。その辺りは差し引いて考えねばならぬのかもしれませぬ」

などと、いささか口はばったい物言いで、三右衛門についての考察を述べた。

——わかったようなことを申しよって。

原口鉄太郎は、亡母・喜美の縁者に当たる。鷹之介は弟のようにかわいがってい るのだが、鉄太郎もまた鷹之介の意を汲んで、三右衛門に随分と腹を立てていたのが、昨夜から今朝にかけての振舞いを見て、ほっとするところがあったようだ。

「武芸場へ参ろう」

鷹之介が赴《おもむ》くと、三右衛門は諸家から集められた武芸帖に目を通していたところで、

「これはお早いお出ましにござりまするな」

と、一礼してみせた。

「水軒殿もお早い……」

鷹之介は会釈をすると、棚を見回した。

「三右衛門とお呼び下され。どうも固苦しゅうてならぬ」

三右衛門は武芸帖を置いて、鷹之介を見た。

鷹之介は小さく笑って、

「貴殿はあくまでも客分でござる。それもなりますまい」

水軒三右衛門は、公儀から新たに扶持《ふち》を与えようと言われたのを、

「ただ一人の武芸者として、御役に立ちとうござる」

と、辞退していた。

それゆえ、月々に三両を支払われることになっていたのだが、それを聞いた時は
骨のある古武士だと感じ入ったものだ。

「客分と申しても、それは気儘《きまま》を通したいがための方便でござるよ。頭取は某の上役でござる。三右衛門と呼びにくければ、〝三殿〟はいかがかな」

重ねて三右衛門が言うので、

「それならば、三殿、例の書付をお見せ願おうか」

あれこれ語らず、まず曰《いわ》く付きの書付を見ることにした。

「お見せするほどのものではござらぬが、せっかく取り戻しに行ったゆえ、ご覧《らん》じ候《そうら》え」

三右衛門は、今度こそと懐から書付を取り出して、鷹之介に手渡した。

「なるほど、見るほどのものでもござらぬな」

鷹之介は書付を見るや嘆息した。

確かに巻き紙にあれこれ認められているが、思い付くがままに書きなぐってあって、何が何やらわからないのだ。

「ご案じ召さるな。某の頭の中ではおおよその見当は付いている」

「おおよその見当、でござるか」

とどのつまり自分でもよくわかっていないのではないか。鷹之介は仏頂面《ぶっちょうづら》で書付を返した。こんな物のために夜道をつけて、芝界隈《かいわい》まで行くことはなかったのだ。

朝になれば気分も変わると思ったが、鷹之介はまた苛々としてきた。

それでも、滅びかけている武芸の流派など、調べようにも術のない鷹之介である。

「して、まずは何という流儀から探索いたすつもりでござるか」

努めて冷静に訊ねた。

「どれをとっても、なかなか探るのは大変でござるが、手始めには手裏剣の〝かどの流〟がよろしかろう」

書付のどこにそれが書いてあるのかまるでわからぬが、三右衛門は紙をかざしながら応えた。

「戯《ざ》れ言《ごと》を申されるな。手裏剣の〝上遠野流《かどのりゅう》〟は、誰知らぬ者のない名流でござろう」

願立流《がんりゅう》剣術を極めた上遠野広秀《ひろひで》は〝手裏剣の上遠野〟としてその名が知れ渡っている。

「それくらいは某《それがし》も知っている。飛車角の角に、野原の野で〝角野流《かどの》〟でござる」

三右衛門は顔をしかめた。

かつては香取神道流を修めた角野某が以前旅先で耳にした、江戸で創設した手裏剣術なのだが、いつの間にかその名を聞かなくなった、というのだ。

「紛《まぎ》らわしい名だ」

鷹之介はふっと笑って、

「ならばまず、その探索と参ろう」

「畏まってはござれども、今はまだ何から手を付ければよいか俄には浮かばぬゆえ、少し考えさせていただけますかな」

三右衛門は書付を眺めながら、しかつめらしく頷いた。

「滅びゆく流儀、流派と申すものは、やはり師範が物足らぬゆえ、弟子が離れていくのであろうか」

鷹之介は呟《つぶや》くように言って、すぐに口を塞いだ。そんな話を三右衛門としたところで、かえって苛々すると思ったからだ。

「いやそうとも言い切れぬかと……。士学館などは、あれで随分と栄えているそうではござらぬか」

三右衛門は鷹之介の言葉を聞き逃さず、彼もまたポツリと言った。

「何と申される……」

鷹之介もまたこの言葉を聞き逃さなかった。

「いや、年寄りの独り言じゃ。聞き流されよ」

「聞き流しにはできぬ。士学館が何だと申されるのだ」

鏡心明智流士学館は、鷹之介が長く剣術を学んだ道場である。それを三右衛門は、師範が物足りなくても栄えている道場だと言ったのだ。これは聞き捨てならなかった。

「これはこの三右衛門の気が回らなんだようじゃ。頭取は士学館で学ばれたのじゃな」

三右衛門は首を竦めてみせたが、

「いかにも士学館で学んだ。師範の桃井先生は立派な剣客だ。あれで随分と栄えているというのは、どういう了見だ。返答次第ではただおかぬぞ」

余のことならば、年長の武芸者である水軒三右衛門ゆえ、多少の無礼は許そう。しかし、師を辱しめられては男が立たぬ。遂に鷹之介の怒りは爆発したのである。

ところが三右衛門は涼しい顔で、

「そうむきになることもござるまい。これまでの士学館の成り立ちを思えば、よくぞここまで大所帯になったものだと思うても無理はあるまいて」

と、にこやかに言った。

士学館は、現・桃井春蔵直一の養父、直由《なおよし》が、南茅場町《みなみかやばちよう》の長屋を稽古場に設えて道場を始めたのが初めであった。

その折、芝神明社に仰々《ぎょうぎょう》しく掲額をしたのが、近くの愛宕下に道場を構える直《じき》心影流《しんかげりゅう》・長沼正兵衛《ながぬましょうべえ》の門人達を刺激してしまい、次々と仕合《しあい》を申し込まれることになる。

その折、直由は病を理由に挑戦を断り、養子である直一も、仕合を受けて度々敗北したゆえ道場の評判が一時は著しく悪かったと聞いている。しかし、仕合に負けたのは、戦って勝利を重ねていては他流からのおびただしい挑戦を受け、きりがないので、それを避けるためであったのだ。

事実、その後、名流の道場として、士学館が大いに賑わったのは春蔵直一の強さによるものである。

それを未だに、創設期の頃の話を持ち出して、師の腕前を揶揄《やゆ》するのなら、これは喧嘩を売られたに等しい。町の破落戸に張り倒されるような武道不心得の三右衛門が、どの口でほざくのか――。

「つまり三殿は、桃井先生など恐るるに足らず、と言いたいのであろう。それならばその弟子・新宮鷹之介がお相手仕ろう」

こうなれば、立合いで叩き伏せて、今後は言うことを聞かせてやろうと思った。

それだけ鷹之介の怒りは凄まじかったのだ。

「殿……」

廊下から高宮松之丞が顔を覗かせ、諫《いさ》めるように鷹之介を仰ぎ見た。

日頃は声を荒らげることのない主君の、怒気を含んだ声を聞きつけてやって来たのだ。

「爺ィ、止めるでない。武芸帖編纂所に教授としてお越しになった水軒三右衛門殿に一手御指南いただくだけじゃ。互いに力量を確かめ合うのもよかろう。そうではござるまいか、水軒殿……」

亡父・孫右衛門とは違って、滅多に短気を起こさぬ鷹之介であるが、一旦こうと思えば引き下がらぬところはまるで同じである。

「御稽古をなさると仰せならば、お止めはいたしませぬが……」

松之丞も、あくまでも稽古をなされよとの含みをもたせて引き下がるしかなかった。

「ただ今は、この三右衛門の失言でござった。許させられい。立ち合《お》うたとて、どちらかが痛い目を見るだけのこと」

三右衛門は宥《なだ》めるように言ったが、

「何卒《なにとぞ》、一手指南を……」

鷹之介は尚も迫った。

「ならば、ほんの少しだけ。少しだけでござるぞ」

三右衛門は溜め息をついて立ち上がった。

鷹之介も元より痛めつけるつもりはない。男社会は、とどのつまりが猿山の頭目争いのように、力で相手を捻《ね》じ伏せるしかない。その儀式を行うつもりであった。

――なるほど、武芸帖編纂には時に力業も求められるのだ。それゆえ士学館において名を馳せた自分の他に適任者がいなかったのかもしれぬ。

鷹之介はそのように思えてきて、少し気分が楽になった。

とにかくこの飲んだくれに引導《いんどう》を渡してくれん――。

鷹之介は、柳生新陰流の稽古に使う袋竹刀を三右衛門に手渡して、

「いざ!」

と、有無を言わさず対峙した。

三右衛門は迷惑そうに、袋竹刀を右手に持ち、剣先をだらりと床に向けた。

「それが柳生新陰流の構えでござるかな」

鷹之介は、まるでやる気のなさそうな三右衛門を詰るように言った。

「いや、そういうわけではござらぬが……」

三右衛門は左の手で頭を掻いた。

鷹之介は最早問答無用と、

「ええいッ！」

まず右の肩を打ち据え、袋竹刀を床に落としてやろうと、右足を外へと進め、一転して袋竹刀を左へ斬り返して前へ出た。

ところが、その一刀は空しく宙《むな》を切った。緩慢な動作に見えたが、三右衛門は鷹之介の技を見切って、そのままの体勢で、鷹之介の右肩の先に身を移していた。

——何と！

鷹之介の体に冷や汗が湧き出した。

ここで三右衛門が返し技を打ったならば、確実に自分の右肩を捉えていただろう。

——まぐれか。

鷹之介は、さっと構え直して、前後左右に目の覚める勢いで打ち込んだ。これをかわすうちに相手に隙が出来るはずだ。そこをすかさず押さえればよい。

三右衛門は、鷹之介の技が思いの外に素早く、次々に繰り出されるのが楽しいのであろうか。これを嬉々《きき》としてかわしたが、その動きにはまったく無駄がなく、一度も袋竹刀を使うことなく、足捌《さば》きだけで鷹之介の袋竹刀を体に触れさせなかったのである。

——まさか。

鷹之介の脳裏に、昨夜、常五郎の張り手を食らって倒れ込んだ三右衛門の姿が過《よぎ》った。

あの三右衛門とは別人である。

いつしか、松之丞の周りに鉄太郎達新宮家の面々が集まってきて、狐につままれたような顔で、立合いを覗き見ていた。

「とうッ!」

鷹之介は気を取り直して渾身の突きを三右衛門の胴へと繰り出した。危険な技ではあるが、かくなる上は是非もない。

しかし、ここで初めて三右衛門は袋竹刀を揮《ふる》い、鷹之介の袋竹刀を巻き上げると、己が剣先をぴたりと鷹之介の喉元に付けた。

鷹之介は身動きが取れず、その場に立ち竦《すく》んだ。これほどまでに立合いでやり込められたことはない。

格の違いを見せつけられて、言葉もなかったのである。

「うむ！　見事な竹刀捌きでござる。お蔭で久しぶりによい立合いができた。某はちと普請場を見て参ろう。大工に任せてばかりでは、使い勝手が悪い稽古場ができてしまいまするぞ」

三右衛門は、笑いながら武芸場を出た。

松之丞達は、何も見なかったような顔をして、こそこそとその場を離れた。

「何故《なぜ》だ……。何故、我が修練の技がかくも無惨に……」

鷹之介は羽をもがれた鳥のごとく、その場に座り込んで天井を見上げた。

すると、そこに再び三右衛門が戻って来て、

「言い忘れてござった。昨夜はわざわざ将監橋の袂まで、御足労をおかけいたしましたな」

軽く頭を下げて、

「夜の町もなかなか好いものでござろう」

と、言い置いてまた出ていった。

――跡を尾《つ》けていたのを知っていたのだ。

鷹之介の目が丸くなった。

水軒三右衛門という武芸者は、いったい何者なのだ。

――わからぬ！　何が何やらわからぬ！

あのような得体の知れぬ男と組んで、何をしろと御上は言うのか。

まるで羽ばたけぬ若鷹は、しばしその場で固まり続けていた。

第二章　武芸者

一

照りつける夏の日差しが、容赦なく普請場に降り注ぐ。

赤坂丹後坂にある、旗本・新宮鷹之介の屋敷に並設すべく、武芸編纂所の普請は続いていた。

玉のような汗を体中に浮かべながら、大工達はどこまでも威勢がよい。

「こうして毎日眺めていると、職人達は大したものだ。実にたくましい。真の強さとはこのようなものかもしれぬな」

鷹之介が若党の原口鉄太郎に、ぽつりと言った。

「ほんに左様でございまする……」

鉄太郎は、とりあえず話を合わせた。

編纂所の視察は鷹之介の日課として定着しているのだが、このところ彼は従者に語りかけるでもなく、哲学的なことを言っては一人で頷いている。そういう場においては、何と応えればよいか家来達はわからなくなる。といっても、黙っているわけにもいかず中間の平助、覚内などは困ってしまうので、当意即妙なる若党の原口鉄太郎が自ずと供をするようになっていた。

「うむ、驕《おご》らず、焦らず、昂《たか》ぶらず、といって気力は失わず、あの職人達のように、力強く黙々と日々の務めに励むことだな」

この日も自分に言い聞かせるようにして屋敷に戻る鷹之介に、

「わたくしも、あやかりとうござりまする」

と鉄太郎が相槌を打ちつつ視察は終わった。

武芸帖編纂所頭取を命じられてからこの方、鷹之介の心は千々《ちぢ》に乱れていた。

「ああ、もう自分の先行きは真っ暗闇ではないか……」

と拗《す》ねてみたり、

「いや、これもみな、自分に与えられた天命である」

気を取り直して、やたらと意気込んでみたり——。

そんな情緒が定まらぬ暮らしが続いていた。

その止《とど》めを刺したのが、あの水軒三右衛門であった。

遠慮のない物言い、無礼な態度、破落戸のごとき振舞い。

常五郎という相撲崩れに張り倒されたと思うと、実はとてつもなく強い。

剣の師・桃井春蔵直一を、揶揄したことに堪えかねて、引導《いんどう》を渡してやると立合ってみれば、いとも容易《たやす》く技をかわされ、喉元に袋竹刀をつきつけられた。

その水軒三右衛門は武芸場にいた。あの立合いから三日が経ったが、三右衛門は相変わらず新宮屋敷の御長屋の一室に暮らし、台所へ出向いて飯を食い、奉公人達に軽口を叩いていた。

新宮屋敷へ出仕したとの報せを受けて、若年寄の京極周防守は、紋服《もんぷく》一揃いと一月分の手当ての金三両を三右衛門へ寄越してきた。

それでも三右衛門は、相変わらず浪人武芸者然としたむさ苦しい姿のままで、三両の金で酒だけを買い込んで御長屋の自室でぐびぐびとやっていた。

この三日は、諸家から運び込まれる武芸帖の整理を手伝い、

「どれもこれも大したことは書いておらぬ……」

と溜め息をつきつつ、それでも月三両分は目を通しておかねばなるまいと思ったのか、この男にしては意外ともいえる根気のよさで、朝のうちはそれを続けると、

「ちと、思う節《ふし》がござるゆえ、町へ出て参りまする」

と言い置いて昼からは外出をした。

思う節というのは、まず探索に当たらんとする〝角野流《かどの》〟についてのことで、それに伴い頼りになる編纂方を一人迎えたいと三右衛門は要望していた。

町へ出れば、またどこぞの酒場に居続けてしまうのではないだろうかと案じたが、三右衛門は連日日が暮れるまでには帰ってきて、

「これと思う者が見つかりそうにござれば、しばしお待ちくだされ」

きっちりと鷹之介に報告をした。

その様子を見ると、水軒三右衛門なりに務めは果そうとしているようである。

どうせ、滅びかけた武芸流派を探索するなどという段取りは、三右衛門に預けるしかないのだ。

「その儀については、お任せいたそう」

鷹之介はそのように応えるしかなかった。

先日の立合いでの敗北は、二人の関係に微妙な影を落としていた。

男社会では、強い者が一目置かれる。

馬鹿にしていた三右衛門であるが、彼の強さは尋常ではない。

二人の立合いを窺い見ていた、高宮松之丞以下新宮家の家人達も、主君・鷹之介の負けを認めたくはなかったが、あの凄技を見せられると、何も言えなくなる。

どれだけ素行が悪かろうが、飲んだくれであろうが、あれだけの剣を極めるのは、並大抵でない。思いもよらぬほどの修行を積んだ証がそこにある。

将軍・家斉が気にかけたのも頷《うなず》けるというものだ。

その強さも見抜けずに、酔いどれおやじを力で捻《ね》じ伏せてやろうとした鷹之介は恥じ入るばかりであった。

それでも、三右衛門の無礼を認めるわけにはいかぬし、自分は頭取なのである。

三右衛門におもねるつもりはない。ここは三右衛門の剣才を素直に認めて、諸事託すしかないと判断したのだ。

ゆえに、この奇怪極まりない武士との付合い方が知れるまでは、ほどよい距離を取るのが得策であった。

三右衛門が昼間いなくなるのは、その意味において鷹之介をほっとさせていたのだが、

「頭取、求めていた武芸者の居所が知れましてござりまする」

その夜、三右衛門は鷹之介に告げた。

「それは御苦労にござった。仔細《しさい》を聞かせていただこう」

鷹之介は感情を押し殺し、淡々と訊ねた。

「武芸者は、松岡大八《まつおかだいはち》と申す者にて……」

事務的に語る鷹之介に対して、三右衛門の口調はなかなかにいかめしいものに変わっていた。

二

水軒三右衛門の話によると、松岡大八は円明《えんめい》流の遣い手だという。

円明流というのは、宮本武蔵《みやもとむさし》が二天一流《にてんいち》を開く以前に成した武術で、刀法だけではなく手裏剣術をも内包している。

名もなき流派ではないので、鷹之介もそれはわかっている。尾張《おわり》徳川家や、播《ばん》州龍野《しゅうたつの》の大名・脇坂《わきさか》家などで盛んに伝えられていた。

「なるほど、それゆえ、手裏剣の流派を探す上で、頼りになると」

「いかにも左様でござる」

三右衛門はにこりと頰笑んだ。

鷹之介が円明流について、しっかりと理解していることが嬉しかったようだ。

松岡大八は、播州龍野の出で円光寺《えんこうじ》という寺の寺男であったという。

円光寺の住職は多田源氏《ただげんじ》の流れをくみ、武芸を奨励し、寺の内に武芸場を構えるほどの熱の入れようであった。

かつて宮本武蔵はこの寺に逗留したことがあり、その折、六代住職・多田祐仙《ゆうせん》の弟・半三郎《はんざぶろう》に円明流を伝えた。

以後、円明流は龍野に根ざし、やがて脇坂家家中の者も多くがこれを学んだのである。

松岡大八もまた、寺との関わりによって武芸の手ほどきを受けるようになったのだが、生来武芸に才を持ち合わせていたのであろう。

彼はたちまち頭角を現し、刀法に加えて手裏剣の腕も冴え、龍野の城下では人に知られるようになっていた。

脇坂家は、寺から大八を引き取る形で、彼を江戸に剣術留学させた。

江戸で名を成し、今や直心影流、神道無念流《しんとうむねん》などに押されつつある状況の中で円明流の名をさらに掲げるように命ぜられたのだ。

それが叶えば、脇坂家の剣術指南役として迎えるということであった。

若き松岡大八はこれに応えて江戸に出た。

脇坂家から出た仕度金はたかがしれていたが、目黒白金《めぐろしろかね》の百姓家を借り受け、まがりなりにも剣術道場を開くことが出来た。

「その頃は、ちょうど某も柳生の里から江戸へ出て来た折でござって、物珍しさに方々の剣術道場を巡り歩いたものでござる」

三右衛門が、未だに浪人にこだわるのは、気儘《きまま》な剣術修行が出来るからなのだ。

「そうして松岡大八の稽古場に行き当たったのでござる。ほとんど門人もおらず、頑《かたく》なまでに宮本武蔵の剣を追い求めている様子が気に入りましてな。同じ年恰好ということもあり、一時その稽古場に通うて、手裏剣の打ち方なども教えてもらったのでござる……」

三右衛門と同じ年恰好と聞いて、

──またおかしなおやじが増えるのか。

鷹之介は松岡大八に対して不安を覚えたが、剣客としては一本筋が通っている。また、そんな片田舎の道場にまで、足を延ばして剣術を吸収しようとした水軒三右衛門を思うと、剣術を士学館でしか学んでこなかった自分の修行の足りなさを、鷹之介は思い知らされていた。

「松岡大八殿もまた、三殿と稽古ができて喜んだのでござろうな」

鷹之介はつくづくと言った。

「さて、どうでござろうな。あ奴は柳生新陰流を目の敵《かたき》にしておりましたゆえ、立合いでは気合が入っておりましたが……」

円明流の祖、宮本武蔵を崇拝する松岡大八にとって、柳生一族は徳川家とよろしくやって、武蔵を中央剣界からはじき出した敵であった。

それゆえ、剣の上では三右衛門に負けたくはない。

三右衛門が訪ねてくる度に、大八はむきになってかかってきたという。その口調から察するに、松岡大八は相当に遣うのかもしれなかった。

「して、その後、松岡大八殿はどうなされたのでござる」

「少し会わなんだうちに、白金の道場をたたんで、姿を消してしもうたのでござる」

「姿を消した？　どこぞに稽古場を移したと……」

「いや、稽古場を移さねばならぬ理由は何もござるまい。恐らくは道場の師範として生きることに嫌気がさしたのではなかろうかと」

松岡大八は、ひたすら円明流の神髄を突き詰める求道者であった。

それゆえ剣の腕は立ったが、江戸で円明流を流行らせるという術《すべ》は持ち合せていなかった。

だが、松岡大八を江戸へ送り込んだ脇坂家としては、大八が江戸で他流の名剣士を凌《しの》ぐ存在になってくれねば困るのだ。

その辺りの考えの違いが軋轢《あつれき》を生み、脇坂家としては見込みなしと判断して、あっさりと引き上げたのであろう。

元より大八に、弟子を集める術はない。

道場が足かせになるのであれば、一剣客に戻ろうとしたのではないかと、三右衛門は思ったという。

「なるほど、己が稽古場を構え、弟子を取り、出稽古を務める。そうして方便を立てていくのも並大抵ではないのであろうな……」

鷹之介は呟くように言った。あれこれ苦労を惜しまず、武士として正しく生きんと精進を欠かさずにきた自負はあるが、思えば生まれた時から三百俵の扶持と、家来と屋敷に恵まれていた。

明日食べる米を調《ととの》えながら修行に励む武士は、士学館にもいたはずだが、そこに思いいたることはなかったゆえ、何やら考えさせられたのである。

「まず、そういうことでござる」

三右衛門は神妙に頷いた。

「某のような者が、気儘に浪人暮らしを続けてこられたのは、真に天恵でござるな」

そういう生き方をしたからこそ、あれほどの剣を修めるにいたったのかと、鷹之介は納得させられたが、やはりそれを口にするのは癪《しゃく》に障るので、

「その後は、長く会《お》うておらなんだのでござるか」

話を松岡大八の近況に戻した。

「いかにも、某もあれこれと忙しゅうござったし、あ奴とつるんだとて詮なきことゆえ」

三右衛門は小さく笑った。

「それが近頃になって、江戸のどこかにいると知れた……」

「いかにも、彼奴《きゃっ》の姿を見かけたという者が現れましてな」

とはいえ、気にはなってもとりたてて会わねばならない相手ではない。そっとしておこうかと思ったのだが、此度発足した武芸帖編纂所方の一人としては恰好の存在である。方々訪ねて回り、やっと松岡大八の居所が知れたのだと三右衛門は言った。

「ならばすぐにこれへ連れてきてくだされ」

鷹之介は報告を受けて即断したのだが、

「それが、来いと言って、喜んで来るような男ではござりませいで」

三右衛門は苦い表情を浮かべた。

「なるほど、三殿が浪人の身でいるのにこだわるように、武芸帖編纂などに関わりたくはないと思うているとか」

「それならば、何としてでもここへ連れて参りましょうが、松岡大八は、最早《もはや》世捨て人になっているやもしれませぬ」

「世捨て人に？　武士を捨てたと申されるか」

「どうもそのような気がいたす」

「う〜む」

鷹之介は腕組みをした。ここに来るのが嫌なら世捨て人にでも何でもなればよいのだ。

先日までならば、吐き捨てるように言ったであろうが、水軒三右衛門が頼りになると言うのであるから、味方となれば心強い男なのであろう。

「三顧《さんこ》の礼を持ってかからねばならぬかな」

「そうなさることをお勧めいたす」

「では、共に誘いに参ろう。松岡大八氏《うじ》は今いずこに？」

「浅草誓願寺《あさくさせいがんじ》裏、八兵衛店《はちべえだな》にて」

「八兵衛店？」

三

翌日。

新宮鷹之介は、供を連れずに水軒三右衛門と二人だけで外出をした。袴こそ着したが、小袖も少しくだけた帷子《かたびら》で、内福《ないふく》な浪人といった微行姿であった。

もちろんこれは三右衛門の指示である。

立派な供揃いで出かけるようなところではないし、その一行を見ただけで松岡大八は身構えてしまうかもしれないという配慮からであった。

真に面倒ではあるが、武芸者と呼ばれる者は、金や権威に動かぬのが信条なのであろう。

清廉の士である鷹之介は、そのような武士が、己の欲得でしか動かぬ者で溢《あふ》れている今の世に存在することに、少なからず感動を覚えていた。

その想いがあったからこそ、三右衛門と二人で浅草にまで足を延ばしたのである。

三右衛門には、そういう鷹之介の心の動きが手に取るようにわかるのであろう。

「頭取、このように微行で街に出るのも、必ずやこの先の御務めにおいて役に立ちましょうぞ」

道中、そのように言った。

「左様かな……」

何の役に立つのかと首を傾げたくなったが、

「番方の御役ともなれば、いつか御先手組頭に就かれることもおありかと。さすれば加役として火付盗賊改《ひつけとうぞくあらため》を務める日もやって参りましょう。火付盗賊改となれば、時には自らが町場に紛れ込み、微行にて探索いたさねばならぬはず」

そう言われると確かにその通りである。

市井《しせい》の風情を何も知らぬまま御役に就いたとて、存分に力を発揮出来まい。ただ漠然とこの先の栄達を夢見たが、思えばそこまで考えたことはなかった。

鷹之介は、無礼極まりない酔いどれ武芸者である水軒三右衛門が、意外や思慮深く、さりげなく自分を押し立てようとしていることに気付き始めていた。

すると、恐るべき強さを秘めながら、いつの間にか柳生家とも疎遠になり、剣術界の表舞台からも消えてしまった三右衛門に興をそそられる。

いかなる理由があったのか——。

それを訊いてみたくなったが、道すがらに問う話でもなかろうと、言葉を呑み込んで、

「先だっての将監橋の袂でのことでござるが……」

もうひとつ、気になっていた話に切り替えた。

「三殿は何ゆえ、常五郎とかいう破落戸に負けてやったのでござるか」

三右衛門は、鷹之介がいつそれを訊いてくるかと思っていたようで、

「あの儀ならば、損得勘定でござるよ」

ニヤリと笑った。

「殴られてやった方が得だとでも？」

「いかにも。あの風呂敷包みを取り返すのに某がひとつ張られるか。それとも某が

あの七人を叩き伏せるか……。そのいずれかを選ばねばなりますまい。ならば某が
ひとつ張られた方が手間も要らず、騒ぎにもなりにくい」
「それゆえ、殴られてやったと……」
「あ奴らは、殴られ方を知りませぬゆえに」
自分ならば、痛くもなく殴られる術を知っているというのであろうが、
「わたしにはわからぬ。確かに七人が殴られるより、一人が殴られてことが済むな
らば、その方が得かもしれぬが、腹立たしい想いは拭われぬ。腹が立てば、日頃の
勤めもはかどらぬというものだ」
と、鷹之介は思うのだ。
「なるほど、これは道理じゃ。酒の飲み過ぎで、物の考え方がおかしゅうなったの
やもしれませぬな」
三右衛門はからからと笑った。
——そうだ。酒の飲み過ぎだ。
鷹之介は心の内で頷いていた。
恐ろしく強いということだけは確かだが、この初老の武芸者の言うことは、納得

出来るものより、理解に苦しむものの方が多い。それは酒毒に冒されているからだと片付けておきたい。さもないと頭の中が混乱するばかりであった。

汐留橋《しおどめ》にある船宿で三右衛門は船を仕立てた。

微行姿での乗船は気分も楽で、川から見る江戸の町は、異国へやって来たかのように新鮮に映った。

「町に慣れるのも悪うはござりますまい」

何かというと感激を表に出す鷹之介を、三右衛門は草花を愛《め》でるような目で見ながら言った。

「いかにも」

鷹之介はすげない返事をしたが、このことについては大いに納得がいった。

やがて船は、駒形《こまがた》堂近くの船着き場に着けられた。

そこから広小路を西へ抜けると、誓願寺はすぐである。

松岡大八が暮らす八兵衛店という長屋は、その裏手にあるというのだが、三右衛門が向かった先は、昼なお薄暗い路地の突き当りであった。

そこには、今にも崩れ落ちそうな木戸があり、柱の所々が銀色に光っていた。

そういえば士学館に通っていた時、剣友に教えられたことがあった。なめくじが這《は》った跡は銀色に光るものだと――。

三右衛門は、木戸を見ると、そこに立ち止まって腕組みをした。

「いや、これほどまでとは思わなんだ……」

鷹之介は、首を傾げながら木戸に目を凝《こ》らすと、灌木《かんぼく》に隠れてよく見えなかったのだが、その向こう側にはさらに路地が続き、両脇には長屋らしき家屋が窺える。

「もしや、ここがその……」

「八兵衛店でござる……」

三右衛門自身、実際に訪ねたのは初めてであるという。

「ほう……」

鷹之介は余りのことに言葉も出なかった。

確かに新設して間もない武芸帖編纂所であるが、将軍の御声掛かりで始めたものだ。

その編纂方に相応《ふさわ》しい者がいて、三顧の礼をとらんとして来たところが、なめくじが這うような長屋とは、あまりにもひどすぎる。

それならばまだ、人が通わぬ山奥の苫屋《とま》に向かった方がましというものだ。さすがの水軒三右衛門も、ここは笑いとばすわけにもいかぬと思ったのであろう。

「ちと、問うて参りましょう」

鷹之介をそこに置いて、一人で木戸の奥へと消えた。

――あの酔いどれも、人に気を遣うことがあるようだ。

鷹之介はふっと笑った。常五郎に張り倒されたことさえ、己が気儘ゆえの方便であるような三右衛門も、薦めた者が悪かったと慌てているのならばよい気味である。

どのような顔をして松岡大八を訪ねるのか、興《きよう》をそそられて、木戸の傍へと寄って長屋の内を覗き見た。

すると、路地の溝板の上に立った三右衛門が、三十くらいの長屋の女房と、その娘らしい十になるやならずの童女と話しているのが見えた。

どうやら、大八はどこかへ出かけていて、今は長屋にいないようだ。

鷹之介は手持ち無沙汰でもあり、木戸を潜って三右衛門の傍へと寄った。

にこやかに、真摯《しんし》な態度で三右衛門に何やら告げている女房の様子と、その横で同じようににこにことしている娘の様子が、何ともほのぼのとして好感が持てたからだ。

溝《どぶ》の臭いが鼻をつくこのような貧しい長屋に、小さな花が健気《けなげ》に咲いている。それがまた切なくもあった。

「松岡殿はお出かけか?」

鷹之介は穏やかな笑みを浮かべて女房に問うた。女房は、三右衛門に連れがいたと知り驚いたような表情を浮かべた。微行姿とはいえ、鷹之介が凜々《りり》しい貴人であることは一目でわかる。

「はい、左様でございます」

女房はおこう、娘はおちよと名乗った。

「今日は遅くなると言っていましたから、まだしばらくは、お戻りにはならないと思います」

おこうは、気遣うような口調で応えたが、その物言いからは、母子で松岡大八を慕っているのがわかる。

「松岡の旦那に、こんな立派なお武家様のお知り合いがいたかと思うと嬉しゅうございます」

三右衛門は大八の旧知の友だと告げたようだ。

おこうは、それをまるで疑っていないようで、大八の話をよくしてくれた。

松岡大八は一年ほど前にこの長屋へやって来たという。

自分のことについてはほとんど語らぬが、

「親の代からの浪人者じゃよ。もうほとんど武士の名残りものうなった」

と、話しているらしい。

「左様か……」

三右衛門は、にこやかに言って、鷹之介には、〝そういうことにしておこう〟と
目配せをして、

「我らも同じようなものでな。まず、浪人仲間というところじゃ」

おこうには、そのように伝えた。

この様子では、もう武芸者としての生き方は捨てているのではないかと思われる。

性質《たち》の悪い盛り場の用心棒などを務めているのならば、いくら三右衛門の勧めで
も、この話はなかったことにするべきだと鷹之介は判断して、

「松岡殿は今、何をして方便《たつき》を立てているのかのう？」

すかさず、おこうに問いかけた。

「浅草寺《せんそうじ》裏手の奥山《おくやま》に通っておいでのようですが、何で方便を立てているかなどと、お武家さんにお訊きするのは、はばかられまして……」

おこうは俯《うつむ》き加減で言った。

「なるほど、左様か……」

鷹之介は、おこうの言葉が胸に沁《し》みた。

飾り気のない長屋の衆でも武士の体面を気遣うのである――。

するとそこへ、三十絡みの鋳掛屋《いかけや》が、なめくじ跡が光る木戸を潜って、商売から戻ってきた。

「うのさん！」

おちよが元気な声をかけた。

「何だい、おちよちゃん、お客さんかい」

「大のおじちゃんのお客さんよ」

おちよは大八を普段はそう呼んでいるようだ。少しばかりこましゃくれた物言いが愛らしい。

「ああ、そうでございますか、松岡の旦那の。あっしは卯之助《うのすけ》と申しまして、旦那にはいつもお世話になっておりやす、はい」

卯之助は、腰の低いやさ男である。

「ほう、大八殿はなかなかの人気じゃな」

三右衛門が応えた。

「へい、そりゃあもう、長屋の井戸替えとか力仕事は進んでこなしてくれますし、口数は少ねえが、その分どっしりとしていなさって、皆頼りにしているのでございますよ」

卯之助はなかなか能弁でもある。

「卯之さんは、旦那がどこにいるか知っている？」

おこうが問うた。

「おれもよく知らねえんだ、なんでも奥山の見世物小屋で力仕事を手伝っているとか。あんまりそういうことは、聞かねえ方がいいかと思ってね」

卯之助もまたおこうと同じことを言ったが、鷹之介と三右衛門の前で余計な話をしたかと思ったのか、すぐに口を噤《つぐ》んだ。

三右衛門はその様子を察して、

「いや構わぬ、それはまた今度会うた時に、ゆるりと聞いておこう。ちょうどこの辺りを通りかかってな。そういえばここに松岡大八が住んでいたと思い出して立ち寄っただけのことゆえ、また出直すとしよう。彼の者が戻って来たら、水軒三右衛門が、珍しい人を連れて来たと伝えてくれぬかな」

三右衛門は終始にこやかな顔で、おこうと卯之助に告げると、

「これで飴でも買うがよい」

おちよには小銭を握らせて、

「参ろうか」

鷹之介を促して長屋を出た。

「これは相すみません。きっとお伝えしておきます！」

背中におこうのほがらかな声が届いた。

鷹之介は、このいかつい武芸者然とした水軒三右衛門を、何故か女子供が恐がらず、松岡の旦那の知り人だと心を開いているのが不思議でならなかった。

そのことをさりげなく三右衛門に問うと、

「長屋の衆は、あれこれと人を見ているゆえ、敵味方の見極めが早いのでござるよ」

三右衛門はこともなげに応えた。

「それが身を守る、何よりの術ゆえ」

なるほど、それには納得がいった。

しかし、あのようななめくじ長屋にいて、おこう、おちよ、卯之助も皆、明るく潑剌《はつらつ》としていられるのは何故か。

その疑問をぶつけるのは、小馬鹿にされそうなので止めた。

やがて表通りに出ると、

「さて頭取、どうしますかな」

三右衛門が指示を仰いできた。

本来ならば、長屋で帰りを待てばよかったのだろうが、おこうの話によると、今日の帰りは遅くなりそうだという。

「いっそ奥山に行って、松岡大八を捜してみようかと。それでようございまするか」

「是非もあるまい……」

鷹之介は浅草寺の裏手へと歩き出した。

一旦、三右衛門に預けた上は、何としても松岡大八に会っておきたかった。

さらに、八兵衛店での慕われぶりが、鷹之介の興味を刺激していたのである。

四

奥山は江戸でも特に名の知れた巨刹《きよさつ》、金龍山《きんりゆうざん》浅草寺の裏手に広がる盛《さか》り場である。

ここには芝居小屋、見世物小屋が並んでいて、その遊客目当ての茶屋、料理屋なども多く、真に賑やかである。

鷹之介は、奥山の名は聞き及んでいたが、こうして微行姿で、客引きに声などかけられながら歩くのは初めてといってよい。ここもまた異国と見紛《みまが》う一帯で、田舎から出て来たお大尽《だいじん》のように、顔を上気させていた。

「奥山は初めてでござるか」

三右衛門はそれを見てとって訊ねた。

「まさか……。御城務めが長かったからとて、これくらいのところには何度も来ている」

鷹之介は強がりを言いながら、

「これだけ見世物小屋が並べば、どれで働いているか、俄《にわか》にはわかるまいと思うただけのことだ」

「確かに骨が折れまするな」

これには三右衛門も、うんざりとした表情を浮かべた。

「さりながら、やはり松岡大八なる武芸者は既に武士を捨てているようだ。わざわざ捜すまでのことがあるのだろうか」

「たとえ武士を捨てていたとて、身に沁みついた武芸は、体が忘れておりますまい。頭取と某とでことをわけて話せば、また武芸の道に戻るでござろう」

三右衛門はそのように鷹之介を宥《なだ》めつつ、片っ端から見世物小屋の木戸番や仕切場の若い衆に、さりげなく心付けを握らせながら、松岡大八が〝力仕事〟をしているという小屋を捜した。

――なるほど、いずこも同じか。

営中の諸役人の中でも、付け届けや賂《まいない》の風習は今尚残っている。何事も金次第というところが、鷹之介には気にくわなかったが、市井に出ても心付けひとつで訊ねる相手の表情も誠意もがらりと変わるのが、不快なりにもおもしろかった。しかも大した額でもないというところがよい。

「これも損得勘定というところかな」

からかうように三右衛門にぶつけると、

「いや、連中は銭よりも、ただで物を訊ねぬというその気持ちが嬉しいのでござる」

三右衛門はそう応えた。このことについても鷹之介は納得出来た。

僅かな銭の力で三軒目に訪ねた木戸番が、

「その旦那なら、うちの隣の〝吉若《きちわか》〟という見世物小屋に出入りしていますぜ」

と、応えてくれた。

「そこで何をしているのか知らぬか」

三右衛門が早速訊ねると、

「さて、裏方の手伝いでもしているんじゃあねえですかい。図体《ずうたい》の大きい旦那だから、いるだけで用心棒代わりにもなりますからねえ」

とのことである。

舞台の飾り替えなどの雑務をこなしているとしたら、大八は怪力無双ゆえ頷ける。

「ありがたい。奴はおれの恩人でな」

三右衛門はそのように取り繕いながら、さらに銭を弾み〝吉若〟へと向かった。

「先ほどから心付けに使うた銭は、編纂所に下される用度から出すゆえ、後で申し出てもらいたい」

鷹之介はこういうところが几帳面《きちょうめん》である。いよいよ松岡大八と会えるというのに、まずそこが気になった。

「忝《かたじけの》うござる」

ふっと笑った三右衛門の目が遠くを見たまま固まった。

鷹之介は、三右衛門の目の先に〝吉若〟の木戸から覗き見える舞台を認めた。

舞台の上では、天狗面をつけた男が放下《ほうげ》を演じていた。皿回しをしたり、酒徳利を三本宙に放り投げ手玉にとったりして、辻放下などとはまるで違う味わいを見せている。

木戸から少し覗き見えるようにしておいて、中へ引きずり込もうというのが狙いのようだが、三右衛門は興をそそられたか、

「ちと見物いたしましょう」

と、鷹之介を誘うと、返事も待たず、さっさと木戸銭を払い、小屋の内へと入った。

――忙しい男だ。しかめっ面をしながらも、見世物小屋の芸など見るのは初めてで、鷹之介はいそいそと後に続いた。

天狗はさらに居合抜きを見せたかと思うと、その刃の上に独楽《こま》を回した。

刃を渡る独楽は、やがて天狗の鼻の上に移り、くるくると回り続けていた。

「ほう、上手《うま》いものだ」

鷹之介は子供のように無邪気な声を発して、

「松岡大八殿は、これにいて何をしているのでござろう」

三右衛門はじっと舞台に目を凝らすと、

「さて、その儀ならばわかり申した。あの天狗の正体が松岡大八でござる」

「何と……」

五

新宮鷹之介は、またも頭がおかしくなってきた。

松岡大八が長屋の衆に奥山での仕事について語りたがらなかったのはこのような理由があったのだ。

天狗面をつけているのは、まだ少しでも武士としての恥を知るゆえか。

そう考えると、恥を承知で見世物小屋の芸人に成り下がっている男を、武芸帖編纂所に招くなど、もっと恥ずべきことではないか。

「三殿、参ろうか」

鷹之介は憮然《ぶぜん》として言ったが、

「いや、まだ芸は終っておりませぬぞ」

三右衛門は、小屋の後ろから立見を続けて、むふふと笑った。松岡大八の操る曲独楽が、ついに天狗の鼻先で回り出したのだ。

「見世物を見に来たのではない！」

確かに松岡大八の放下は見ていて楽しいが、役儀の中《ちゅう》であることを忘れてはいけない。

鷹之介はそのまま外へと出た。

「頭取、まずお待ちあれ……」

三右衛門はすぐに後を追ってきて、鷹之介を引き留めた。

「せっかくここまで来て、目当ての相手が見つかったのでござるぞ。とりあえず会うてくだされ」

「どれほどの武芸者かは知らねど、身共《みども》も御上から武芸帖編纂所を預かる身。武芸者には会いたいが、芸人に会うつもりはない」

鷹之介は姿勢を正した。

「貧しいながらも、あの長屋で皆に頼られて楽しゅう暮らしているようだし、わざわざ誘うまでもあるまい」

「長屋の者達には申し訳ござらぬが、あの男を見世物小屋となめくじ長屋を行き来するだけにしておくのは、天下の僻事《ひがごと》でござるぞ。世に埋れた逸材を拾い集めるのも、頭取の務めかと存ずる」

三右衛門も姿勢を正した。日頃、飲んだくれているだけに、真顔になると何故か三右衛門の方が説得力がある。鷹之介もそこまで言われると、否とは言えぬが、

「真、世に埋れた逸材であれば会いもしようが、わたしにはようわからぬ」

これには納得がいかなかった。

見世物小屋の喝采は新しいものに変わっていた。どうやら松岡大八らしき天狗の芸は終ったようだ。

「ならば頭取、まずお目にかけましょう」

三右衛門はそう言うと、つかつかと小屋の裏手へと歩みを進めた。何のことかと鷹之介がついていくと、三右衛門は小屋の傍に置かれてあった薪《まき》の中から手頃な物を選んで手にすると、楽屋口の横にすっと立った。

どうやら三右衛門は、大八が出て来るところを狙って棒で打ちかかり、彼の強さを計ろうというのだろう。

「三殿、それは止《よ》した方がようござるぞ。貧乏長屋の住人を無慈悲に打擲《ちょうちゃく》するようなものじゃ」

水軒三右衛門の強さは人間離れしているのだ。大惨事になりかねぬ。鷹之介は慌てたが、三右衛門はいたって真面目な顔で楽屋の内を窺い、

「あれは、紛れものう松岡大八でござる」

ぐっと気合を入れて、薪の木太刀をしっかり握ると、楽屋口の傍に身を潜め、その時を待った。

幸いにも、楽屋口の周辺には誰もいなかった。止めたとて聞く耳は持たぬ様子であるから、鷹之介は見物することにした。

水軒三右衛門ほどの者が試すと言うのだから、松岡大八は余ほどの腕の持ち主なのであろう。

そう考えると、ちょっとした見物《みもの》ではないかと、鷹之介の期待は膨らんだ。

「いつもすまぬな！」

やがて楽屋の内から、他の芸人達と言葉を交わす、男の野太い声が聞こえてきた。

武芸者特有の、やや嗄《しやが》れ気味でよく通るものだ。

そして楽屋口の莚《むしろ》掛けの出入り口から、ぬっと男の頭が出た。

「えいッ！」

それへ、三右衛門が薪の木太刀を気合諸共振り下ろした。

その刹那《せつな》、

「うッ……！」

松岡大八は、頭を押さえてその場に座り込んだ。

「何をする……」

大八は、恨めし気に顔を上げて、

「三右衛門ではないか……」

と、顔をしかめた。

「それ見たことか！」

鷹之介は大八に駆け寄って、

「大事ござらぬか……？」

と、大八の顔を覗き込んだ。

四角い顔に小さな目に、げじげじ眉……。

これもまた三右衛門に劣らずいかつい顔をしているが、長屋の衆に慕われているだけあって、顔の造りのひとつひとつに、おかしみがあり彼の顔にえも言われぬ愛敬を醸《かも》していた。

それゆえ、痛そうに頭を両手で抱えている姿が、どこか滑稽で笑えてくる。よく見ると、彼は両刀をたばさむどころか、袴も着けぬ、着流し姿であった。

「はははは……」

笑い出したのは三右衛門であった。

「笑いごとではなかろう」

鷹之介はそれを窘《たしな》めたが、

「大八、久しいのう。腕はまるで衰えてはおらぬではないか」

三右衛門は尚も笑う。

「だから笑いごとではないと……」

鷹之介が再び窘めんとするのを制して、

「この男には痛くもかゆくもござらぬ。咄嗟《とっさ》に頭の急所を外すとは、さすがじゃのう、大八」

三右衛門はニヤリと笑った。

「急所を外す？」

何が何やらわからぬ鷹之介に、

「もし今のが抜き身であったならば、かわしていたということでござるよ」

「はて……？」

それでも首を傾げる鷹之介を尻目に、松岡大八はすっくと立ち上がって、

「いったい何をしに来たのだ」

しかめっ面をしてみせた。

どうやら、己が武芸の冴えを隠さんとして、棒切れくらいならば上手に殴られてやろうと、日頃から心がけているようだ。

先日、三右衛門が常五郎なる相撲崩れに殴られてやったのと同じ考え方なのであろう。

それを思うと、鷹之介は空恐ろしさを覚えて、三右衛門と大八——。二人の武芸者をまじまじと見つめていた。

一瞬にして殺気を感知し、さらにそれがどの程度のものか見極めて、急所を外して受け止めてやる。

そんな芸当が咄嗟に出来る武芸者なら、三右衛門が言うように、市井《しせい》に埋れさせてよいものではない。

六

鷹之介は考えを改めて、勧誘は三右衛門に任せて、武芸帖編纂所がいかなるものか説いてみようと、大八を近くの茶屋に誘った。

三右衛門と大八の、まるで仙人が交わしているような会話を聞いていると、この二人がいれば滅びつつある武芸の流派を掘り起こすことも出来るのではないかという気がしてきたのだ。

「いや、これは御無礼仕《つかまつ》った……」

大八は、鷹之介の身分を知ると、わざわざこんなところまで訪ねてくれたことを謝し、

「武芸帖編纂所でござるか。御上も物好きでござるな」

にこやかに言った。

「意義のあることだとは思わぬか」

三右衛門が、ここぞと問うた。

「うむ、確かに意義はある。おぬしのような気儘で型破りな男には、うってつけの御役かもしれぬ」

「そなたにとっても、そうではないかな」

「誘ってくれるのはありがたいが、おれはもう武芸などというものは忘れてしまいたい」

「おぬしは忘れようと思うても、最前、おれが振り下ろした木切れを、見事に見切ったように、おぬしの五体には武芸が沁み込んでいる。そう容易《たやす》う忘れられるものではあるまい」

「この次、あのような目に遭うたら、そのまま殴られて死ぬことといたそう」

「大八……」

「武芸などに触れるとろくなことがない……」

大八がぽつりぽつりと語るところによると、彼は円明流を極めるという一事に取り憑かれ、道場の経営などは二の次にして、己が剣を追い求めた。

初めのうちは、そういう大八に期待して、脇坂家もあれこれと合力《ごうりき》してくれたが、天下泰平の世においては、己が武勇を世間に知らしめる機会などなかなか巡ってはこない。己が実力を世間に示し、多くの門人を擁する道場を築くには、したたかな世渡りが求められた。

だが、朴訥《ぼくとつ》とした播州龍野の寺男である松岡大八は、生まれながらに剣才を持ち合わせたものの、その辺りのことにはまったく疎かった。

ただただ己が剣を磨かんとするうちに、道場には誰も寄り付かなくなってしまったのだ。

そのような道場に合力するのは、脇坂家にとって何の意味もない。松岡大八をあっさりと見限った。

その日から続く貧乏暮らし。大八は気にならなかったが、彼には八重《やえ》という妻と千代《ちよ》という娘がいた。

道場を構えるに当たって、脇坂家の方が、一人ではあれこれ大変であろうと、妻を娶るようにと縁談を持ちかけてくれたのだ。どちらかというと陰気な女であったが、八重の父も剣客であったというので、大八の剣へのこだわりをよくわかってくれた。

千代は愛らしい娘で、三右衛門は大八の道場に通った折に何度もその姿に触れ、

「このような娘がいると、どんな苦労も吹き飛ぶのであろうな」

と、少しばかり羨《うらや》ましがったものだ。

ところが、しばらく会わぬうちに、千代は風邪をこじらせて幼い命を散らしてしまった。

貧困は、千代の体にも重くのしかかっていたのだ。

気丈な八重であったが、娘の死には取り乱して、それもこれも頑《かたく》なまでに自分の武芸への執念を曲げぬ大八がもたらしたものだと、夫を責めた。

だが、今さら大八にはどうすることも出来ず、彼は深い悲しみの中、この先の八重を思い離縁して、道場をたたんでしまった。心の痛手を癒《いや》すには廻国修行に出るしか術はなかったのである。

旅に出たとて、何かとこだわりの多い大八は、方便《たつき》を上手く立てていくことが出

来ず、かろうじて田舎道場で日雇いの師範代を務め糊口《ここう》を凌《しの》いだ。

「そうして、もう一度やり直してみようかと、江戸へ戻って来たところ、くだらぬ奴らに襲われたのだ」

大八は嚙み締めるように言った。

「くだらぬ奴らとは、剣の上でもめた連中か」

三右衛門はさもありなんと頷いた。

廻国修行などをしていると、仕合を所望《しょもう》されることがある。負けるわけにはいかないが、勝てばしつこく追ってくる者もいる。

「駿府の御城下で仕合を望まれて、叩きのめした相手が、数を恃《たの》んでおれを待ち伏せたのだ」

もちろん返り討ちにしたが、不覚にも肩に傷を負ってしまった。とにかく暑い日で、その傷が頑強なる松岡大八の体力を吸い取っていく。

「情けないことだが、いつしか八兵衛長屋の木戸の前で、倒れていた」

「そうか、それを長屋の連中が助けてくれたのだな」

「いかにも。己が暮らしも大変だというのに、長屋の衆は、あれこれと面倒を見てくれた。受けた恩義は返さねばならぬ」

「そう思って井戸替えや、力仕事を手伝うたか」

「長屋を訪ねたのか？」

「ああ、だがおぬしの昔については何も話してはおらぬよ。今の話は、おこうという長屋の女房から聞いた」

「あれは女房ではない」

「ならば後家か」

「いや、ろくでもない亭主から逃れて、あの長屋に娘を連れてやって来たそうだ。あの母娘にもいこう世話になった……」

大八はふっと笑うと、八兵衛長屋での日々を振り返った。

今までと同じ、貧しい暮らしには違いないが、長屋には貧しくとも、ほのぼのとした人情がある。その温かさが堪《たま》らなく心地よくなってきたのだという。

「そんな腑抜けた想いを持ち始めれば、武芸者など続けてはおれぬ。どうせ不覚をとって、行き倒れるくらいの腕ではないか。寺男であった、昔のおれに戻ろうと思い始めてのう」

「貴殿は不覚をとったと申されるが……」

鷹之介はそれが気になり、

「襲ってきた相手は何人いたのでござる」

と、問うた。

「六人であったかと」

「六人……？　手傷くらい負って当り前だ」

鷹之介は目を丸くした。どうも、このおやじ達と話していると、気が変になってくる。

「張り詰めていたものが、ぷつりと切れたということでござるよ」

大八は、そんな鷹之介をにこやかに見ながら言った。

「いずれにせよ、松岡大八は最早《もはや》使いものにはならぬゆえ、武芸帖編纂方などというは勘弁願いたい」

「惜しい。実に惜しいのう」

三右衛門は嘆息したが、

「こちらの殿には、水軒三右衛門がついていれば十分じゃ。おれは嬉しいぞ。おぬしのような飲んだくれの変わり者が、武芸帖編纂所というところで腕を揮う。実にめでたい。三右衛門、くれぐれも若殿を困らせてはなるまいぞ」

大八は、晴れ晴れとした表情で三右衛門に告げると、鷹之介に深々と頭を下げて、

「御足労をおかけいたし、申し訳ございませなんだ。長屋の者には御身分の儀、決して口外いたしませぬゆえ御容赦を……。御免なされてくださりませ」

足取りも軽く去っていった。

先ほど頭を打たれたことなど、すっかりと忘れてしまったようで、

――あの松岡大八の方が、余ほど水軒三右衛門よりも、まっとうではないか。

鷹之介はいつまでも、去り行く男のたくましい後ろ姿を見送っていた。

七

新宮鷹之介は複雑な想いで屋敷へ帰った。

見世物小屋で天狗面を被り、放下やら居合抜きやら曲独楽を見せているような男などに用はない。

そう思ったものの、松岡大八の姿が脳裏から離れなかった。

円明流は、今尚剣士達に受け継がれていて、大名諸家から運び込まれた武芸帖の中に、いくつか現在の動向について記したものもあった。

武芸場に入って調べてみると、脇坂家からの一巻にも詳しい記述があったが、松岡大八なる伝承者の名は、どこにも見当らなかった。

それを思うと、鷹之介はどうもやり切れなかった。

将軍家斉は、

「あらゆる武芸において一流を生した者には、それなりの研鑽があり、理屈があってのものじゃ。流行らなんだゆえに、これを打ち捨てておってよいものか」

と考え、武芸帖編纂所を新設するに至ったのであるが、大八を見るとその真意がひしひしと伝わってくる。

円明流は滅んでいない。しかし、松岡大八の円明流は滅んでしまったに等しい。

今、この瞬間にも、大八と同じような想いを持った武芸者が何人もいて、開眼した武芸流派を残せぬまま消えつつあるのであろう。

それが実感として湧いてきたのだ。

欲も得もなく、己が武芸の高みを目指し、ひたすら修行を重ね、時には廻国の旅に出て生きてきた――。

三右衛門が言うように、松岡大八のような男がいてくれたら、編纂所にとっては心強い。鷹之介の意識は次第にその方向へと傾き始めていた。

それと共に、松岡大八のような男を知る、水軒三右衛門への信頼が、彼への反発心を押しのけて、大きなものへと変わっていたのである。

三右衛門は、浅草からの帰りは終始無言で、船の上では堅く口を引き結び、瞑目をしていた。

鷹之介としては、黙ってくれている方が気が楽ではあるが、何事にも動じず笑いとばすのが身上の三右衛門も、大八が武芸を捨ててしまったことが随分と堪えたのかと思うと、神妙な気分になった。

ここは、頭取として三右衛門の存念を確かめておかねばなるまい。

場合によっては、松岡大八を翻意させるべく、何か手を打ってもよいと、伝えてやろうと思い決めた。

屋敷に着くと三右衛門は、

「御用があれば、お呼びくだされ」

と、長屋の一室に下がっていた。

小姓組番衆として、誰よりもしっかりと務めたと自負する鷹之介であった。

しかし、今思えば、番頭、組頭の指揮下で言われたことを自分なりに工夫して悦《えっ》に入っていただけなのかもしれない。

武芸帖編纂所頭取ともなれば、それが間違っていようが何であろうが、

「おれはこう思うゆえ、そのように取り計らうように」

という決断をしていかねばなるまい。

己が迫《せま》い視野に映るもののみを常識と捉え、それ以外は己が気位を貶《おとし》めるものと切り捨てる。

それではいかぬのだ。

「爺イ！」

鷹之介は高宮松之丞を呼んだ。

「お呼びにござりまするか」

松之丞は、微行姿で供も連れず外出をして、帰ってきてからは、水軒三右衛門

共々しかつめらしい表情を崩さぬ鷹之介を心配そうに眺めていた。それだけに、主君の張りのある声に、ほっとする想いで御前に出た。

「夕餉の席に三殿を呼んでくれ。酒もしっかりと飲ませてやってくれ」

鷹之介はそのように命じると、やがて中奥《なかおく》の居間に三右衛門を呼んで、鯉を肴《さかな》に一杯やった。

「いや、鯉のあらいとはよろしゅうござりまするな」

三右衛門は膳を見るや、嬉しそうに己が額をぴしゃりと打った。

既に御長屋の部屋で一杯やっていたようで、ほんのりと顔に朱がさしていた。

――何だ、いこう元気ではないか。

大八のことで、気が沈んでいるのではないかと案じていたので、鷹之介はいささか拍子抜けをしたが、

「この後、塩焼きもあるというので、楽しみになされよ」

軽い言葉を返す余裕が出てきた。つまり、水軒三右衛門にはあまり気を遣わなくてよいということなのだ。

「これは忝うござる。鯉は好物でござってな。酒は手酌でようござるぞ」

三右衛門は、松岡大八について何か考えがまとまったようで、すこぶる調子がよい。

「大八の儀でござるが、あ奴が八兵衛長屋におられぬようにしてやるのが何よりかと……」

三右衛門は、立て続けに三杯の酒を干し、ほくそ笑んだ。

三右衛門は、まるで松岡大八を諦めていなかった。その上に、鷹之介が大八を気に入り、受け入れるものだと高を括っている。

鷹之介はそれが癪に障るので、

「長屋で暮らしたいという者を、強《し》いて呼ぶこともない。もう彼の者のことは忘れてしまおう」

心とは裏腹のことを言って、三右衛門をいなした。

「あいや、お待ちくだされ。あ奴は、ここへ来るのが何よりかと存ずる」

三右衛門は、鷹之介の受け応えに、少しばかり焦りを見せた。

鷹之介はしてやったりと笑顔を見せ、

「三殿は、何を企んでおるのかな？」

と、ニヤリと笑った。

その刹那、新宮鷹之介と水軒三右衛門の間を隔てていた、心の垣根がひとつ取り払われた。

八

鯉と酒が利いたのか。それとも旧友との再会が、胸の内を焦《こ》がしたのか。

水軒三右衛門は、翌日から精力的に動き出した。

「きっと松岡大八を連れて来ますゆえ。頭取はまず、高みの見物と決め込んでくださればようござる」

と言うのである。

いったい何を企んでいるか気になったし、微行による外出は、鷹之介に新たな発見をもたらしてくれるゆえ、三右衛門に付き合ってみたいところだが、高宮松之丞からは、

「頭取は一手の将でござりまするぞ。ここぞというところで出馬いたしてこそのも

のかと存じまする」

釘をさされていた。

松之丞にしても、水軒三右衛門の行くところには、何かしら波風が立つのではないかと不安になるのであろう。

とはいえ、松之丞が言うのも道理だと、鷹之介はここ一番を待った。

三右衛門とて、報告を怠るつもりはない。

彼の言うところでは、

「松岡大八は、あの長屋に恩義だけではない思い入れがあるようにて、その辺りのしがらみをすっきりとさせてやれば、晴れて長屋を出られるというものでござるだそうな。

「ならばまず、そのしがらみを絶つと？」

「いかにも。その時にはお出まし願いまするぞ」

「心得た」

この辺り、呼吸《いき》が合い始めてきた鷹之介と三右衛門であった。

——いかぬいかぬ。この飲んだくれの物好きが移ってきたかのようだ。

鷹之介は苦笑いを禁じえなかった。

三右衛門はというと、鷹之介が次第に編纂所の仕事に楽しみを見出しつつあるのを感じて、してやったりの想いで、その日は朝早くから四谷伝馬町《よつやてんまちょう》へと足を運んだ。

四谷御門の堀端にほど近いところに、小体な甘酒屋がある。

まだ仕度も出来ていない時分であったが、三右衛門は、すたすたと中へ入ると、

「ちと早いが、邪魔をするぞ」

と、店先の土間に置いてある長床几《ながしょうぎ》に腰を下ろした。

「あら、これは旦那、お久しぶりでございます」

女将《おかみ》はおきぬという三十前の、ちょっと小粋な女で、三右衛門の姿を認めると慌てて出て来て、

「すぐに呼んで参ります」

また急いで奥へ戻っていった。

ここへは甘酒を飲みに来たのではない。おきぬの亭主の儀兵衛《ぎへえ》に会いに来たのだ。

その辺りのことを、おきぬはよく心得ている。

たちまち儀兵衛が、後ろ手に角帯を締めながら出て来た。

「旦那、よくお越しくださいましたねえ」

三十半ばの苦み走った顔に、歯切れの好い物言いがよく似合っている。

「朝っぱらからすまぬが、この時分なら会えると思うてな」

「嬉しゅうございます。旦那に甘酒をお出しするわけにも参りやせんや。奥で一杯いかがですかい？」

「そいつはありがたいが、お前に折入って頼みたいことがあってな」

「へい。何なりと……」

「大した話でもないのだよ」

それから半刻ばかり、まだ客も来ない店先で三右衛門は、儀兵衛にあれこれと頼み事をしたものだ。

儀兵衛は、甘酒屋の亭主であるが、もうひとつの顔を持っていた。彼は御先手組の加役である、火付盗賊改方の下で差口《さしぐち》奉公をしている。差口奉公とは、奉行所配下の同心の手先を務める御用聞きに相当する。

儀兵衛は、内藤新宿《ないとうしんじゅく》で顔を売っていた博奕《ばくち》打ちの息子で、彼もまた鉄火場を庭のようにして育ってきた。

そのうちに一端《いっぱし》の顔になったが、そんな暮らしには危険が付きまとう。縄張り争いに巻き込まれて、危うく命を落としそうになったところを、たまたま通りかかった三右衛門に助けてもらった。

十二年前のことである。

その後、三右衛門は儀兵衛がなかなかに目端が利くと見てとって、以前、柳生新陰流の型を教えたことのある、御先手組与力《よりき》に預け、差口奉公への道を開《ひら》いてやったのだ。

儀兵衛はその恩を忘れず、三右衛門が江戸にいる時は、何かと世話を焼いてくれた。

この数年は、江戸に寄りつかなかったので、会うのは久しぶりであったが、儀兵衛はさらなる貫禄を身に備えていた。

「そんなことならお安い御用でございますよ」

儀兵衛は、三右衛門の頼みを二つ返事で引き受けた。

頼みとは、八兵衛長屋の住人・おこう、おちよ母子についての事柄であった。

大八は、おこうがろくでもない亭主から逃れて八兵衛長屋に流れてきたと言っていた。

三右衛門は、まずそこが大八の落しどころだと見ていたのである。

九

その日も、奥山の見世物小屋〝吉若〟は賑わいを見せていた。

曲文字書き、軽業、蛇使い、水芸、力持ちなど、ここの名物は多いのだが、やはり何といっても女太夫による軽業、水芸が人気の芸だ。その間を繋ぐ、ほのぼのと笑いが起こる芸が、松岡大八演ずる〝居合天狗〟というわけだ。

去年の夏の初め。八兵衛長屋の住人達に倒れているところを助けられた松岡大八は、長屋の人情に触れて、もう武芸など捨ててしまおうと思い立った。

大家の八兵衛を始めとする長屋の住人達は、大八がいかなる過去を経て、木戸の近くで倒れていたかは問わなかった。

住人達は皆、何らかの事情があって、この長屋に流れてきていた。個々の身の上などそのうちにわかればよいと考えていたのだ。

「この人は悪い人ではない」

八兵衛はそう察して、空き家があるからそこで暮らしたらどうだと勧めてくれた。

大八は、〝六人相手に斬り結んだ〟などというと、皆が恐がるか、こ奴は大法螺《おおぼら》吹きかと馬鹿にされるかのどちらかであろうと思い、

「久しぶりに江戸に出てきて、破落戸《ごろつき》の浪人共に絡まれてしもうてな。命からがら逃げて来たというわけだ」

そんな風に取り繕《つくろ》っておいた。住人達はそれを疑わなかったし、詮索をしようともしなかった。それが大八にはありがたかったし、とても心が安らいだ。

「ここで暮らしたい」

そのためには何か方便を立てねばなるまい。

あれこれ考えながら、奥山を歩くうちに、居合抜きの芸を見た。

これなら自分にも出来るのではないか。手裏剣などもこなしてきたから、武芸を少し応用すればよい。人前に出て、自分をつけ狙っている者と遭遇してもいかぬゆ

え、天狗の面など着ければかえっておもしろくなるのではないか――。

思い立つとじっとしてはいられずに見世物小屋を訪ねてみた。そこが、〝吉若〟であった。

天狗の居合抜きは思いの外受けた。

剣術の型演武など、数え切れぬほどしてきたが、客が喜ぶ様子を間近に触れると、楽しかった。

道場主までしていた自分が芸人になるなど、情けなかったが、その昔を思えば、寺男が武芸をかじっただけのものではないか。

大した稼ぎにならずとも、それなりに長屋で暮らしていけるだけはある。

その銭で、時には困っている住人達を助けてあげられたし、平和に暮らしてこられたのだから、何も恥じることなどない。

「旦那、今日も受けていましたねえ」

その日の芸が終ると、木戸番の若い衆が、にこやかに声をかけてくれる。

「またよろしくな……」

大八は、笑顔を返してすぐに長屋へと帰る。

帰れば、おこうとおちよが、こちらも笑顔で迎えてくれる。

おこうは針仕事や凧《たこ》張りの内職で方便《たつき》を立てているゆえ、ほとんど一日長屋におちよといる。

そうして、大八や卯之助、長屋のやもめ達のために、朝夕の炊飯をしてくれるのだ。

やもめ達は、きちんとその対価を支払うので、何かと効率がよい。

今頃はせいぜい奴豆腐《やっこ》に、茄子《なす》の丸煮、干物くらいがあればよいところだが、あれこれ工夫をすることで、朝夕二度の炊飯が叶うのは贅沢《ぜいたく》であった。

なめくじの木戸を潜ると、

「お帰りなさいまし」

おこうがいつもの通りに、おちよと二人で目敏《めざと》く大八の姿を見つけて、露地に出て迎えてくれた。

「ただ今帰ったよ。おちよ坊はお利口にしていたかな」

大八は、こぼれんばかりの笑顔をおちよに向けて、奥山で買い求めた飴を手渡す。

これも楽しい日課なのだ。

しかし、すぐに大八の笑顔が引きつった。

「お帰りなさいまし……」

太い男の声がしたかと思うと、大八の家から、ぬっといかつい顔が飛び出したのだ。

「三右衛門……」

十

「まあ、そう怒るな。先だってはゆるりと話せなんだゆえにな」

水軒三右衛門は、大八の家に上がりこむと、酒徳利を掲げて笑った。

「おぬしとはゆるりと話しとうない」

大八は、そっぽを向いた。

「すげないことを言うな」

「言っておくが、おれは赤坂には行かぬぞ」

「わかっておる。赤坂には、あの愛想の好い母と子はおらぬゆえにな」

三右衛門は声を潜めた。

「な、何を言う……」

大八もまた声を潜めて、

「おれは、あの母子にはいつも世話になっているゆえ、何とかしてやろうと……」

「わかっている。そうむきになるでない」

「むきになどなっておらぬ」

「おぬしが帰るまでの間、おこう殿とはあれこれ話をした……」

「何を話した」

「世間話だよ。なかなか好い女だな。苦労をしただけあって、人にやさしい」

「おぬしの言う通りだ。あんな好い女房とかわいい娘を苦しめた男がいるというのだから許せぬ」

大八は、またむきになって怒りを顕《あら》わにしたが、その時表から、

「ごめんくださいまし……」

と、おこうの声がして、大八は口を噤《つぐ》んだ。

「どうぞ、お入りなされい」

三右衛門が応えた。開け放った戸口から、涼風と共に丼鉢を持ったおこうが姿を現した。

「一杯やると、仰《おつしや》っていたので」

差し出した丼鉢には、そら豆の塩茹《ゆ》でが盛ってあった。

「これはありがたい。いつもすまぬな」

大八の顔が引きつったように綻んだ。

おこうは、にこりと笑顔を向けると、会釈を返す三右衛門を見て、

「水軒様、旦那をどこかへ連れていったりしないでくださいね」

と言い置いて去っていった。

「おい、何か話したのか？」

大八が詰《なじ》るように言った。

「何も言っておらぬよ。おこう殿は、松岡大八ほどの男がいつまでもこの長屋にいるはずはないと思うて、案じているのだろうよ」

三右衛門は少しからかうように応えた。

「馬鹿な。そんなことがあるわけがないだろう」

大八はぶすっとして下を向いた。

「おぬしは面倒な男じゃのう」

嘆息する三右衛門に、

「ただ、おれと飲みに来たわけでもあるまい。何か用があるのではないのか」

「うむ。そうであった。おぬし、手裏剣の心得があったな」

「武芸を志す者ならば皆、一通りは心得があろう」

「それはそうだが、飛車角の角に、野原の野で、〝角野流〟というのがあったのを知っているか」

「そういえばあった。主に針形の手裏剣を打つ技がすぐれていたような」

「さすがは松岡大八だ。おれも随分前に、これを遣う男と旅先で出会うたのだが、その後はまったく聞かぬようになったので、今はどうしているかと思うてな」

「捜し出して、武芸帖に収めるというのか」

「そういうことだ」

「はて、俄には思いつかぬな」

「左様か。ならば思い出しておいてくれぬかな。また、酒を持って参ろう。あまり来ると、旦那をどこかへ連れていくのではないかと、恨まれるかもしれぬが、そこは昔の誼《よしみ》だ。思い出して、教えてくれるくらいはよかろう」

「わかった。だがくれぐれも……」

「赤坂へは来ぬのだろ。わかっているよ、大のおじちゃん」

「二度と来るな」

「ははは……」


三右衛門は、それから小半刻《こはんとき》（三十分）くらいしてから、八兵衛長屋を後にした。

大家の八兵衛がやって来て、三右衛門に挨拶をすると、四方山《よもやま》話を始めたので、これは敵《かな》わないと、素早く切り上げたのである。

八兵衛は六十絡みの好々爺《こうこうや》ではあるが、それだけにいちいち笑って相槌を打ってやらねばならぬのが疲れるのだ。

三右衛門は、新宮屋敷に戻ると、この日の成果をすぐに鷹之介に報せた。

「思うた通りでござった。松岡大八は柄にものう、あのおこうに惚れているようでござるぞ」

三右衛門は随分と楽しそうであった。

「やはりそうか……」

色恋の話にはまるで疎い鷹之介ではあるが、八兵衛長屋を訪ねた折の様子を思い出すと、頷けるものがある。

「さらに大八は、娘のおちよを不憫《ふびん》に思うてかわいくてならぬのでござりましょう」

四谷伝馬町の〝甘酒屋の儀兵衛〟が調べてくれるであろうゆえ、詳しくは問わなかったが、おこうの前夫は、博奕、酒、喧嘩好きのどうしようもない男であったそうな。

大八自身、貧窮の中で娘を死なせてしまった苦い思い出がある。その娘も、おちよのように愛らしく名も千代といった。それゆえに放っておけない想いが募り、それがおこうへの恋情に繋がっていったのであろう。

「三殿は嬉しそうだが、それほどまでの思い入れが長屋にあるのならば、彼《か》の御仁のことはますます諦めねばなるまい……」

「いやいや、そこがむしろ狙い目でござるぞ」

鷹之介には依然よくわからぬが、儀兵衛なる差口奉公の者が動いてくれているならば、心付けも包まねばなるまい。

月十両下される用度だけでは、なかなか大変であると、鷹之介の心は、方々に飛んでいたが、それもまた不思議とこの若殿を浮き浮きとさせていた。

十一

「松岡の旦那、大変ですぜ……」

誓願寺の裏手にさしかかったところで、松岡大八は駆けてきた鋳掛屋の卯之助に声をかけられた。

卯之助の表情は青ざめていた。

「何だい卯之さん、何があったんだい」

大八は、初めて見る卯之助の悲痛な様子に面食らった。

「おかしな野郎が、おこうさんを訪ねて来たんですよう」

「何だと？　そいつはいったい何者だ」

「氷柱《つらら》の喜平《きへい》って野郎の身内の者らしいんだ」

「氷柱の喜平？」

「橋場《はしば》辺りでちょいと鳴らしている破落戸《ごろつき》の親分ですよ」

その喜平の乾分の亮次郎《すけじろう》と卓造《たくぞう》というのが、

「作蔵《さくぞう》さんに貸した金、何とかしてくれませんかねえ……」

脅しをかけるように持ちかけてきたというのだ。

この作蔵というのが、おこうが逃げてきたどうしようもない亭主である。博奕に手を出し、喜平から高利で金を借りて、それを焦げつかせたらしい。

大八の形相《ぎようそう》が猛獣のごとく変じた。

「奴らはおこうさんの居所をどうやって見つけたのだ」

「そいつはわからねえが、まずいことになったよ」

「で、今そ奴らはどうしているんだ」

「明日また来るから、考えておいてくれと言って帰りやしたよ」

「そうか、なら、二人は無事なんだな」

「ああ、今日のところは……」

「考えておいてくれとはよく言ったもんだ。作蔵という男は、何度も金でしくじって、何かというと女房に手を上げるような男だったと聞いている。そんな男に今さら何の義理があるというのだ」

「旦那の言う通りだ。だからおこうさんも、もう縁の切れた男のことだから、煮るなと焼くなと好きなようにしてくれと言って追い返したってわけさ。もちろん、おれも傍にいてあげたよ……」

「うむ、それはよくやった！」

大八は、卯之助と共に八兵衛長屋に戻ると、おこうを訪ねた。

亮次郎と卓造が凄んだのが恐かったのか、おちよはしくしくと泣いていた。おこうはそれを気丈に慰めていたが、大きな不安に嘖《さいな》まれているのであろう。やるせなさに、顔の色が失せてしまっていた。

「旦那……」

「大のおじちゃん……！」

母子は、大八の顔を見るとほっとして、堪《こら》え切れずに泣き出した。

大八は心を落ち着けて、

「話は卯之さんから聞いたが、何も案ずることはない。この長屋を見れば、取れる物など何もないことくらいわかったであろう。とにかく、明日はここにずっといるから、何か言ってきたら、おれが話をつけてあげるよ」

と、笑いとばした。

こんな時は、がたいのよい武士が傍にいてくれると頼りになるものだ。母子にも笑顔が戻った。

「よし、そうと決まれば、これからすぐに奥山に戻って、明日は行けぬと伝えてこよう」

おこうの家には、八兵衛以下、長屋の住人が見舞いにやって来ていた。若い男は卯之助だけで、他は皆、初老の辻売りであったり、糊《のり》売りの老婆やらで、役に立ちそうな者もいなかったが、人がいると心が安らぐ。

卯之助は心配そうについてきて、

「旦那、奴らはおこうさんをおちよ坊共々、どこかへ売りとばそうなんて考えているんじゃあねえですかねえ」

大八に囁くように言った。

「奴らもそこまではせぬだろう。そんな阿漕《あこぎ》なことをすれば、お上も黙ってはいまいからのう」

「そうですかねえ……」

「あの母子は、卯之さんのことも頼りにしているのだ。傍にいてやっておくれ」

「へい。畏まりやした……」

卯之助は頷きながら大八を送って、浅草寺の西側の通りを歩いたが、すぐに大八の袖を引いて近くの路地へと入って、

「旦那、奴らです……」

そこから卯之助は、通りを指さした。

唐桟《とうざん》の着物に細めの帯をしめ、雪駄《せった》を鳴らしながら道行く二人連れが見えた。

二人は、通りすがりの物売りをからかいながら、肩で風を切っていた。

「あいつらか、いかにも性質《たち》の悪そうな奴らだが、おれは奥山に通っているからよくわかる。奴らはほんの三下だ。親分の名を騙《かた》って、小遣い稼ぎに来ただけかもしれぬぞ」

「なるほど、そんなもんかもしれませんね」

「ちょっと様子を見ておこう。卯之さんは帰っておあげ」

「へい、お気をつけなすって」

「無理はしないよ。また追いかけられて、木戸口で倒れるのは御免だ」

大八はにっこり笑って、卯之助と別れた。

「奴らか……」

大八は、たちまち鬼神のような顔へと変じた。

不敵な笑みを浮かべて闊歩《かっぽ》する二人を見ているうちに腸《はらわた》が煮えくり返ってきたのだ。

――明日また来るだと。来れるものなら来るがよい。

日がとっぷりと暮れてきた。やがて二人は寺と寺に挟まれた細道に出た。そこに人気はなかった。それが、亮次郎と卓造にとっては運の尽きであった。

大八は懐から長めの手拭いを二枚取り出した。日頃天狗面を被るゆえに、頭に巻いたり汗を拭うために、いつも二、三枚は忍ばせてあるのだ。

その二枚を組み合わせて巧みに覆面をすると、

「おい……」

地獄の閻魔《えんま》が発したかのような声で呼び止めた。

それから、何度か鈍い音と、男二人の呻き声がした後、細道は静寂を取り戻した。

大八は何もなかったかのようにそこを出て奥山へと向かった。

亮次郎と卓造は、果して翌日、八兵衛長屋には行けなかった。二人は大八に殴られ蹴られ、肩に乗せられ投げ落されて、ぼろ雑巾のようになって道端に転がっていたのである。

十二

ちょうどその頃。

新宮鷹之介は、水軒三右衛門からの報告を受けていた。

甘酒屋の儀兵衛によってもたらされた、八兵衛長屋の住人おこう、おちよ母子についての現状であった。

それによると、おこうは芝高輪《しばたかなわ》で魚屋をしていた作蔵と所帯を持ち、おちよという娘をもうけたが、やくざな亭主から逃れて浅草誓願寺裏の八兵衛店に逃げた。

やがて博奕絡みの借金が焦げ付き、作蔵は高輪を出て、橋場の顔役・氷柱の喜平の許に転がり込んだ。

喜平がかつて高輪にいた頃に知り合った誼があったのだが、喜平はしばらくして、浅草に逃げた女房のおこうがいることに気付く。

自分を見限った女房子供への憎悪にかられる作蔵は、

「きっと見つけ出して、おれに恥をかかせた償いをさせてやる」

と息まいたが、母子の所在は杳《よう》として知れなかった。

それでも、橋場から誓願寺まではほど近い。母子が作蔵に見付け出されるのは遠からぬことである――。

儀兵衛はそこまでを己が伝《つて》を動員して、あっという間に調べあげたのだ。

三右衛門は儀兵衛に頼み、喜平一家におこうの所在が知れるように持ちかけた。

そうすれば、作蔵は必ず喜平と諮《はか》っておこうを捕え、金にしようとするであろう。

「同じことならば、早いところでけりをつけた方がよいと存じましてな……」

鷹之介は話を聞いて、

「けりをつけた方がよいというのはわかるが、母子の所在をわざわざ知らせるまでもあるまいものを……」

と、顔をしかめた。

喜平一家の魔の手が伸びれば、母子は辛い目に遭うであろう。

「なに、辛い目に遭うのは、喜平達の方でござりまするよ」

実際、喜平の乾分の亮次郎と卓造は、通り魔にあったがごとく、何者かによって半殺しの目に遭わされていた。

そしてそれもまた儀兵衛から報されていた三右衛門であるが、二人を痛めつけたのが松岡大八であるのは明らかであった。

「なるほど、八兵衛長屋に触れて怪我をするのは喜平達の方だが、連中はまだそれを知らぬ、か。さりながら、松岡大八殿も思いの外《ほか》気が短い……」

母子に絡んだ連中に対して、余ほど腹が立ったのであろうが、乾分二人の跡をそっとつけて、敵の本丸を確かめた方がよかったのではないかと鷹之介は、思ったのである。

「頭取の申される通りでござるが、そこに我らが付け入る隙があると申すもの」

作蔵は、喜平に借金がある体《てい》を装い、それをおこうと娘に肩代わりさせようとしている。

「これほど非道な奴らはおりませぬ」

「いかにも、男の風上にも置けぬ奴」

「まず、大八の味方をしてやろうではございませぬか」

三右衛門は不敵に笑った。

味方をしてやるのは、あの愛らしいおちよのためでもあるから大いに結構だが、それではますます大八と長屋の住人達の絆を深めることにならないか――。

鷹之介はどうもわからなかった。三右衛門のすることにはとにかく謎が多い。とはいうものの、悪辣《あくらつ》な連中から裏路地に咲く二輪の花を守ってやる、その想いは鷹之介の正義を刺激し、心を逸《はや》らせる。

多くの武芸流派の滅亡は、実はこのような世間の無情がもたらしたのかもしれない。そこに想いが至っただけでも、確かな収穫であったと、鷹之介は考えていた。

十三

さらにその翌日。

松岡大八は、落ち着かぬ朝を迎えていた。

おこう、おちよに約束した通り、この日は見世物小屋へは行かず、喜平の使いの者が来るのに備え、長屋で待ち構えた。

鋳掛屋の卯之助も、非力であるというのに義理立てをして、大八に付き添った。

そうして、二人でおこうとおちよを元気付けたのだが、昨日はもう少し様子を見ればよかったものを、怒りに任せて、亮次郎、卓造をしばらくは足腰が立たぬまでに打ち倒してしまったことを悔いていた。

いくら手拭いで面体を隠したとて、二人を痛めつければ、喜平一家も八兵衛長屋の差し金だと思い込み、かえって皆が狙われないかが気になったのだ。

だがもう一方では、あの二人が勝手に喜平一家を脅しの種にして、小遣い稼ぎに来たのではなかったかと望みをかけていた。

そしてその想いは、脆《もろ》くも崩れた。

喜平一家の遣いは朝からやって来たのだ。

乾分は三人組で、いずれも腕自慢のようで、鋭い目付きに、鋼《はがね》のように体は引き締まっていた。

おこう、おちよには大八、卯之助、八兵衛が付き添った。

「おやおや、狭いところに大勢いなさるぜ」

兄貴格の男は万助《まんすけ》という大八に劣らぬ大きな男であった。

皮肉な物言いで一同を見廻すと、

「本当はあっしが来るはずじゃあなかったんだが、兄貴二人はちょいとわけがあって来れなくなっちまってねえ。まさかお前さん方がそれに関わっているとは思えねえが、ちょいと気が立っておりますのさ」

今度はお決まりのごとく、脅すように言った。

「言っておくが、作蔵という男と、このおこうさんは、今では赤の他人だ。作蔵とやらの借金を肩代わりする謂れはないはずだ」

大八は怒りを押し殺して応えた。出来るだけここで暴れたくなかった。水軒三右衛門が言ったように、やはり自分の体の中には武芸が血肉となって備わっている。それを見せた時、この長屋に迷惑がかかると思ったのだ。

「赤の他人？」

万助は鼻で笑った。

おこうはそれを睨みつけて、

「昨日も言った通り、もう顔も忘れてしまった男ですよ。その借金の肩代わりなんてするつもりはありませんし、見ての通りの暮らしですよ。元よりお金なんてありゃあしませんよ」

気丈に応えた。

「そうは言いますがねえ。お前さん、作蔵さんからの去り状を持っていなさるんですかい」

万助はニヤリと笑った。

「去り状など持っているはずはねえだろう。おこうさんは、やっとの想いで、極道者の亭主から逃げてきたんだぜ」

卯之助が勇気を振り絞って言った。

「やかましいやい！」

万助はそれを一喝して、

「去り状がねえってことは、まだ夫婦別れをしてねえってことじゃねえか。夫婦喧嘩をして家を飛び出したからって、夫婦は夫婦なんだよう」

と、凄んだ。

「ほら、ここに証文だってあるんだぜ。お前の亭主の作蔵が、借りた金は夫婦力を合わせて返しますと書いてあるんだから」

万助はさらに証文を見せた。

「馬鹿な……。どうせそのお金は、作蔵が博奕のために借りたものに決まっていますよ。それをどうして夫婦して返さないといけないんです」

おこうが反発した。

「作蔵が借りた金の五十両は、商売のためのものだと聞いているぜ」

万助はしたり顔で言った。

「五十両……？　それはあんまりでしょう」

八兵衛が声を震わせた。

おこうは凍りついたように言葉を失った。

万助は卑しげな笑いを浮かべて、

「五十両なんて大したことはありませんよう。おこうさんと、おちよちゃんさえその気になればねえ」

母と子を舐めるように見た。

「何なら、出るところに出たっていいんだぜ」

松岡大八の顔が怒りにはちきれそうになった。

——おのれ、無理を通すなら、おれにも覚悟があるぞ。

大八は、呆然として身を震わせる、おこうとおちよを見ていると我慢がならなくなって、思わずその場から立ち上がった。

その時であった。

「去り状があればよいのだな」

いきなり表から声がして、二人の武士が外から顔を覗かせた。

新宮鷹之介と水軒三右衛門であった。いずれも微行姿で、怒りに顔を紅潮させていた。

「我らは松岡大八殿に用があって参ったのだが、聞けば去り状がどうのとたわけたことをぬかしよる」

三右衛門は、目を丸くしている大八を尻目に万助を睨みつけるように言った。

万助は、二人の武士の登場に一瞬怯《ひる》んだが、三人で土間から表へと出て、

「どこの誰かは知らねえが、余計な口は利かねえことだ」

「去り状があればよいのかと聞いておるのだ」

鷹之介が続けた。外で話を聞くうちに、かくも汚ない奴らがいるのかと、向かっ腹が立っていた。

「ふん、去り状を持っているとでも言うのかい！」

万助が凄んだが、

「これから取りに参ろう」

鷹之介はにこりと笑った。

「いったいどういうことでござろう」

大八が表に出てきて問うた。

「いや、作蔵というたわけは今、こ奴らの親分のところにいるらしい」

三右衛門がそれに応えた。

「何ですって……」

おこうが思わず立ち上がった。

「作蔵は氷柱の喜平とぐるになって、その証文をでっちあげた。そうして、おこうさんのみならず、おちよ坊までどこかに売りとばして、五十両を拵《こしら》えんとする魂胆なのだ」

三右衛門が続けた。

「それは真か……」

大八の声が低くなった。

「ああ本当だ。これから三人で橋場まで出かけて、作蔵に去り状を書いてもらおうではないか」

応える三右衛門の横で、鷹之介が大きく頷いた。大八は、三右衛門と鷹之介が手を回してくれていたのだと悟り、

「忝い」

と、二人に頭を下げた。

万助は、思わぬ展開に当惑した。いきなり現れた武士は、どこでどう調べたか、喜平と作蔵の企みを摑んでいる。しかし、こうなっては引くに引けない。やくざ者はなめられてはやっていけないのだ。

「ふん、橋場に行って去り状をもらってくるだと？　笑わせるぜ。手前ら三人がこのこと出かけて行って、どうなるものでもねえんだよ！」

万助の啖呵《たんか》が合図で三人は一斉に懐に呑んだ匕首《あいくち》を抜き放った。

その刹那、万助はくるりと宙を回って地面に叩きつけられた。

鷹之介の目の覚めるような早業であった。

「うッ」

万助が地面に伸びた時、鷹之介は既にもう一人の乾分の脾腹《ひばら》に鉄拳をのめり込ませていた。

「お見事でござる」

三右衛門は、鷹之介の武芸の冴えを見て頬笑んだ。

こ奴が地面に崩れ落ちた時、いま一人の乾分は、段違いの強さを思い知り、逃げ出した。

「待て！」

大八は咄嗟に、万助が取り落とした匕首を拾い上げて、そ奴めがけて投げつけた。円明流手裏剣術は、小刀、脇差などの投擲《とうてき》にも長《た》けている。匕首は逃げる乾分の雪駄の底を地面に突き立てた。こ奴は勢いよくつんのめり、派手に転がると頭を打って放心した。

――技を見せてしもうた！

大八は我に返って歯嚙みしたが、すぐにほのぼのとした笑顔を啞然と見守る長屋の衆に向けて、

「おこうさん、おちよ坊、何も案ずることはない。ちょっと行ってくる。卯之さん、こいつらをお町《まち》の衆に突き出しておいておくれ」

そう言うと、鷹之介と三右衛門に向き直って、

「いざ……」

と、頭を下げた。

「ふふふ、この三人なら、さほど手間もかかるまい」

三右衛門は愉快に笑って、鷹之介と大八を促し、橋場へ向かって歩き出した。

「大八、やはり腕は鈍《なま》っておらぬではないか」

「おぬしの言う通りだ。武芸は体に沁みついているようだ」

大八は、仏頂面《ぶっちょうづら》を浮かべたが、体中に闘志がみなぎっていた。

「慌てて出て来たによって、丸腰であった」

「おぬしは、これひとつあればよかろう」

三右衛門は、己が脇差を腰から抜いて大八に手渡した。

三人が目指すは、橋場の船宿〝みやこどり〟。ここが、高利貸と女衒《ぜげん》紛いの人入れで悪事を働く、氷柱の喜平一家の栖《す》であった。

鷹之介は、込み上げる興奮に胸がときめいた。

これからやくざ者の根城《ねじろ》に殴り込みをかけることが、武芸帖編纂所の頭取としての務めなのかと思うと、それは疑問であったが、理屈では語れない男の意気地を総身に覚えたのである。

今度のことで松岡大八を編纂所に迎え入れることが出来ずとも、三顧の礼をもって当たるというのは、このようにどこまでも誠意を尽くすことなのであろう。

「あの船宿でござるぞ」

やがて三右衛門は、渡し場の手前にあるなかなかに構えの大きな船宿を指さした。

十四

それから三人が、船宿〝みやこどり〟で暮らしている作蔵から、おこうへの去り状を得るのにいくらも時はかからなかった。

ここには十人ばかり、喜平の乾分がいて、

「おう三一《さんぴん》！　手前ら何をしに来やがった！」

と凄んだが、

「作蔵に会いに来たのだ」

鷹之介は一声発すると、そのまま三右衛門、大八と共に中へと押し入り、忠臣蔵の吉良《きら》邸討ち入りのごとく、並み居る敵を蹴散らして、作蔵の姿を求めた。

三人が進む度に、乾分達は襖戸《ふすまど》を突き破り、あるいは庭へ蹴落とされてのたうった。

大八は、三右衛門から借りた脇差を一度も抜くことはなかったのである。

五十両の前祝いでもしていたか、まだ日が高いというのに奥の一室で女を侍《はべ》らしてしたたか酔っている喜平と作蔵の姿を見つけた時、三人は汗ひとつかいていなかった。

別の一室では、未だ身動き出来ず傷養生をしている亮次郎、卓造が再び降りかかる厄難に震えていた。思えば、昨日二人、今日三人が使いものにならなくなっていたのであるから、三右衛門が読んだ以上に、制圧するのは容易《たやす》いことであったのだ。

大八は、三人のあまりの強さを目の当《まあ》たりにしてすっかり固まってしまっている氷柱の喜平を一顧だにせず、

「おのれが作蔵か」

「い、命ばかりはお助けを……」

「今はおこう殿への去り状を書け！」

と一喝した。

「へ、へへい！」

作蔵の手は震え、みみずが這ったような字になった。

「まあよい……」

大八は、ここで初めて三右衛門から借りた脇差を抜いた。

た。


「た、助けて……！」

泣き叫ぶ作蔵を叩き伏せ、大八は作蔵の右手の親指の先を傷つけ、血判を押させた。

鷹之介は二人を見下ろし、

「初めから素直に作蔵に会わせればよいものを、渋るからこうなるのだ。喜平！」

「へ、へい……」

「何か文句があるなら、赤坂丹後坂、公儀武芸帖編纂所を訪ねて参れ。我は頭取、新宮鷹之介じゃ！」

厳しく言い放つと、意気揚々と引き上げたのである。

「大八、先だって申した角野流だが……」

船宿を出ると三右衛門が言った。

「おお、角野流か……」

「思い出したら教えてくれ。赤坂にて、頭取と待っておるぞ」

「心得た」

大八はしっかりと頷いて、脇差を三右衛門に返した。そして、

「この度は、真に忝し」

鷹之介に深々と頭を下げると、去り状を持って、八兵衛長屋へ戻っていった。

三右衛門は、にこやかに鷹之介を見て、

「よいことをいたしましたな」

「いや、真に。さりながら、わざと喜平におこう母子の居所を知らせたのはちとやり過ぎではなかったかな」

「いや、これで母子は心安らかに暮らせましょう。さらに松岡大八は、編纂方として参じましょう」

「それはどうであろう」

「あの男をお気に召しませぬか」

「いや、大いに気に入った。さりながら、何やら恩を売って来させるというのも後味が悪いような……」

松岡大八は、この先、おこう、おちよと楽しく暮らしていくのであろう。もう、おこうの幸せを妨げるものは何もないのだから。

鷹之介は、大八の幸せを祈った。かつて、幼い娘を貧窮の中で死なせた悔恨も、おちよを慈しむことで晴れていくであろう。

「無理に編纂所に呼ぶこともないのではあるまいか」

「いや、あ奴はきっと来ましょう」

三右衛門は小さく笑って、

「長屋に居辛うなるゆえ」

「居辛うなる？　ますます皆に慕われて、なくてはならぬ者になるのでは」

「ふふふ、そこが世の中の、いや男の辛いところでござりまするよ」

三右衛門が言ったように、それから十日ばかりして、松岡大八は新宮屋敷にやって来て、

「某《それがし》に務まるものであれば、こちらに置いていただきとうござりまする」

と実に殊勝《しゆしよう》に申し出た。

三右衛門はにこりとして、

「それはありがたい。頭取、大八が来てくれたならば編纂も楽になりましょう」

狐につままれたような顔をしている鷹之介に言った。

鷹之介に異存はない。すぐに大八のために歓迎の宴を開いたが、夢を見ているようであった。

大八は三右衛門のような酒飲みではない。

宴においては少しばかりの酒に酔い、

「頭取は、前途洋々たる正義の士であられる……」

と、鷹之介の人となりを称《たた》え、ここにいられることを喜んだ。しかし、その表情には言葉では言い表わせぬ哀愁が漂っていた。

鷹之介は、四十を過ぎた男の、このような憂いを含んだ顔を見たことがなかった。

「三右衛門と知り合い、このように声をかけてもらったことも、ありがたいと思うておりまする。もう武芸などとは縁を切ってしまうつもりでござったが、滅びゆく武芸流派を後の世に伝えんとするために、もう一働きせよとは真にありがたい、ありがたい……」

大八は人が変わったように能弁になり、新たな道が開けたことを、しばしありがたがったが、そこには何かを振り切るような切なさが見え隠れする。

八兵衛長屋は住み心地がよく、見世物小屋での芸も当りを取ったものの、自分の正体を知られた上はもういられまい。長屋を出て、己の才を求めてくれるところで、最後の御奉公をしてみよう。だがやはり別れが辛い――。

そんな葛藤《かっとう》があるのだろうかと、鷹之介は大八の心中を察したが、

「それにしても大八、おぬしは偉いぞ」

大八がほろほろと酔い、舌の回りもよくなった頃を見計らって、三右衛門が語りかけた。

「おこう殿とおちよ坊の難儀を助け、晴れて作蔵との手切れを確かめた上で、母子を卯之助に託して出て来たのであろう」

「あ、ああ、まあ、そういうことだな……」

大八は、泣いているような、笑っているような顔をした。

「おこう殿と卯之助は、密かに心を通わせていたのであろう」

「三右衛門、おぬし、よくわかるな」

「ああ、何とはなく、そのように見受けられた。一緒になりとうはあるが、おこう殿はまだ、作蔵とははっきりと縁が切れておらぬゆえ、卯之助を慮《おもんぱか》って口には出さなんだ。そんなところであろうが」

「先だって、作蔵に去り状を書かせた後、おこう殿と卯之助は、おぬしに想いを打ち明けたか」

「い、いかにも……」

「どうしてそれを……？」

「それくらいはわかる。おぬしは皆に頼られているからな」

「ああ、どうしたものかと、それぞれ二人から……」

「で、取り持ってやったか」

「ははは、そんなことは当人同士で話し合えばよいことだと、笑いとばしてやった。卯之助、お前も男なら、己が口から一緒になってくれと言えばよい、とな」

「うむ。真そうじゃな。おぬしは大したものだ。大八がおらぬようになれば、長屋の皆も寂しがるであろうが、もうあの長屋は放っておけばよい。そうではないか、大八！」

「うむ、そうじゃな。うむ、放っておけばよいな。ははは……」

笑う大八の目に涙が浮かんでいるのを鷹之介は、はっきりと見た。

――そうであったか、自分も真に野暮《やぼ》な男だ。鷹之介は苦笑いした。

大八は、おこうに想いを寄せていた。おこうも慕い、おちよも懐き、もしかすると、いつか母子と共に暮らす日がくるのではないかと、淡い夢を見ていたのだ。

しかし、慕っているのと惚れているのとでは話が違う。おこうと卯之助の様子を少し見れば、二人が密かに恋を育《はぐく》んでいることくらい、三右衛門にはすぐにわかったのであろう。

母子の難儀さえ片付けてやれば、自ずとおこうは卯之助と引っ付く。大八はいたたまれずに長屋を出る。

三右衛門は、そこをたくみについたのだ。

いささか意地の悪いやり様ではあるが、実りのない恋を追いかけることになるのなら、一日も早くここへ来させるのが大八のためだと考えたのである。

果たして円明流の達人、松岡大八は編纂所にやって来た。

頭取としてはまず、彼の失恋の痛手を癒してやるのが歓迎の印であろう。

「いやいや、三殿の申される通りじゃ！」

鷹之介は大きな声で言った。

「長屋の衆にはいささか申し訳ないことをしたが、誰と誰とが一緒になろうと、我らの知ったことではない！　この先は、武芸帖編纂のため、よしなに頼みまするぞ！」

「畏まってござる！」

泣き笑いの大八の顔が、少年のように輝いた。

——三殿の言う通りだ。そこが世の中の、いや男の辛いところなのだ。

三右衛門は、ニヤリとして鷹之介を見ている。

何やら鷹匠に飼い慣らされていく鷹になった心地がして口惜しいが、またひとつ三右衛門によって浮世を見せられた鷹之介であった。

そして、その扉を開ける度に覚える胸の高まりが、どうにも抑えられなかったのである。

第三章　角野流手裏剣術

一

「左様か、松岡大八。円明流の遣い手とな。水軒三右衛門がこれと思い、そなたがよしとするならば、編纂方として迎え入れるがよい」

若年寄・京極周防守は、新宮鷹之介の報告に満足そうに頷いた。

松岡大八を雇うについては、まず支配に伺いを立てておかねばならぬと、すぐに面会を求めたのだが、屋敷へ出向くと周防守は拍子抜けがするほどに、あっさりとこれを了承した。

待遇は三右衛門と同じで、あくまでも浪人身分でいることに大八もこだわったか

ら、取りたてて問題もなかろうが、

「一時は、見世物小屋で面《おもて》を被り芸を見せ、糊口を凌いでいたこともございました……」

と、真実を述べて、それに絡んで橋場で一暴れしたことも、余さず話したというのに、周防守は、

「左様か、一暴れをのう」

と、笑うばかりであった。

——武芸帖編纂所になど、いちいち構ってもおられぬか。

鷹之介は、そのような僻《ひが》んだ想いに囚《とら》われもしたが、まず角野流なる手裏剣の流派について調べてみたいと申し出ると、

「早速そのような流派を見つけたか。ほう、これは楽しみじゃな」

周防守は手放しで成果を喜んでくれたので、気分が晴れた。

「この後は、まず水軒、松岡の両名と共に、次々と斯《か》く流派を捜してみる所存でござりまする」

鷹之介は爽やかに言上し、そのまま退出しようとしたが、ふと思いついて、

「ちと、お訊ねしたき儀がござりまする」

「何なりと申せ」

「水軒三右衛門についてでござりまするが、彼の者は何ゆえ、長らく人前から姿を消していたのでござりましょう」

「当人とは話しておらぬのか」

「訊ねようとは思うたのでござりまするが、なかなかその機が見つからず、今になってしまいました……」

「左様か、あれこれ事情《わけ》があると思えば、なかなか訊き辛いものじゃのう」

「仰せの通りにござりまする」

「さりながら、頭取としては、知っておきたいか」

「ははッ」

「身共も詳しゅうは知らぬのじゃが……」

周防守は苦笑いを浮かべた。

「見ての通り、水軒三右衛門は、誰にでも言いたいことを言う困った奴じゃ」

「それゆえ、柳生様から御勘気《かんき》を蒙《こうむ》ったのでござりましょうか」

「うむ。それで柳生但馬守殿から、廻国修行をして出直すよう申し渡されたということじゃ」

周防守はどうも歯切れが悪かった。

「真はそれだけではなかったと、お思いでござりまするか?」

鷹之介はさらに問うた。

「いや、但馬守殿本人からもそう聞いておる。じゃが、あの水軒三右衛門という男、何を考えているのかわからぬ惚《とぼ》けた味わいがある。それゆえ、もっと他におもしろい理由があったのではないかと、勘繰《かんぐ》ってしまうではないか」

周防守は、ふっと笑った。

「なるほど。わたくしも同じでござりまする」

鷹之介は神妙に頷いた。

「とは申せ、武芸者、兵法者などというものは皆、此度迎える松岡大八なる男のように、色々な事情を抱えているのであろう。そなたはその辺りのことを慮り、巧みに手綱《たづな》を引くしかあるまい。そのうちに、自ずとあれこれ真実が見えて参ろう。まずは頼んだぞ」

周防守は、巧みに話を締め括った。

「畏まってござりまする」

「ことの次第は上様にも折を見てお話しいたそう。上様におかれては、どのような流派が出てくるか、楽しみになさっておいでのようじゃぞ」

「ははッ！」

こう言われると、役儀への情熱が沸々《ふつふつ》と湧いてきた。

二

松岡大八には、すぐに三両の手当と紋服が公儀より遣わされた。

しかし、大八もまた三右衛門と同じように地味な綿の単《ひとえ》に、着古した袴姿で通した。

編纂所が出来あがるまでの間は、三右衛門の並びの御長屋の一室に暮らすことを望み、日々武芸場に出て、武芸帖の整理に務めた。

この辺りは、三右衛門より遥かに生真面目で、各所から集まった巻物を読み、実に丁寧にその内容を吟味した。

三右衛門が大八を望んだのは、自分に欠けているところを補うためでもあったのだと鷹之介は見た。

鷹之介は、生真面目という点では、大八に親しみを覚える。

この機会に、手裏剣についても学んでおこうと、大八に教えを請うた。

まずその上で〝角野流〟を調べるべきだと思ったのだ。

「頭取は、真によいお心がけをなさっておいでじゃ」

大八は、すぐに鷹之介以下、家中の者をも集めた上で、手裏剣の効果心得について語った。

「飛び道具は卑怯《ひきょう》だと見るむきもござるが、卑怯と言われるものほど、大きな力を持っている。侮ってはなりませぬ」

敵が飛び道具を使おうとする時、それを制するのも飛び道具であり、護身には何よりの術であると大八は言う。

手裏剣の技を有していれば、刀を帯びずとも、懐の内に手裏剣をいくつか携帯しているだけでことが足りる。

ゆえに、町の者、百姓などに変じて忍び働きをする時は便利である。

車型の手裏剣は、刃に覆われているので携帯には向かないが、いざとなれば相手を傷つけるには強い力を発揮する。さらに導火線や文を巻き込んで打ったり、毒を塗った場合は一撃必殺の道具となる。

棒状の手裏剣は所持し易く、打ち易い。また、いずれかに忍び入らねばならぬ時は、工具として応用が出来る。

「諸国を行脚《あんぎゃ》し、その日の糧に困った折は、これらの手裏剣を使い分け、鳥や兎などを獲ったものにござる」

大八はかつての辛苦を思い、言葉を詰らせたものだ。

これには新宮家家中の者も感じ入ったが、三右衛門は顔をしかめて、

「大八、御当家がその日の糧に困って、手裏剣を打つようなことがあってよいものか」

と窘めると、

「とにかく、身につけ易いのは棒手裏剣でござるぞ」

何本かの棒状の手裏剣を掲げた。そして、武芸場から庭へ降り、立木の幹に巻藁《まきわら》

をして、これに打ってみせた。

三右衛門が放った手裏剣はことごとく的に命中し、若党の原口鉄太郎、中間の平助、覚内を大いに興奮させたのである。

鷹之介は、家中に武芸修練への刺激が及ぶことを喜び、しばし手裏剣の稽古に自らも没頭した。

武士の心得として、手裏剣術は、一通り修めていたが、このところは稽古することもなく、大八や三右衛門の技には及ばない。

「これでは、上様の御警護を続けていたとて、いざという時は御役に立てなんだかもしれぬ」

鷹之介は、そこに思い至り神妙な面持ちとなった。

老臣の高宮松之丞は、唸り声を発しながら、

「手裏剣術を極めた者は、両先生より、さらに小さな的に手裏剣が刺さるのでござりまするかな」

三右衛門と大八を見た。

「いかにも……」

大八が応えた。

「我らなどは大したものでもござらぬ。名人ともなれば、針に糸を通すがごとき確かさで打って参る」

「さすれば、手裏剣に長《た》けた者は、日頃より見張っておかねば、何をしでかすか知れたものではございませぬな」

松之丞はしかつめらしい顔をした。

「なるほど、滅びかけた武芸流派のその後を知ることは、いざという時、敵を知るために役立つというものだな」

鷹之介は、危険な術を身につけている者を把握しておくことの重大さに思い至った。

――武芸帖編纂所は、ただ上様の思い付きだけで開かれたのではなかったのかもしれぬ。

そんな風に考えると、鷹之介の気持ちはまた浮き立ってきた。

「それで、角野流というのは、どのような流儀であるか、思い出しましたかな？」

大八に訊ねると、

「左様でござった」

大八は少し畏まってみせると、

「三右衛門、おぬしが旅先で知り合うたという武芸者は何という男であった」

「富澤秋之助《とみざわあきのすけ》と申した。歳は我らと同じくらいで、このままでは、角野流は消えてなくなるかもしれぬと嘆いていた」

「左様か、その富澤秋之助こそが、角野流の道統を受け継ぐものだ」

三

松岡大八の話によると、角野流は香取神道流を修めた角野源兵衛《げんべえ》なる剣客が、江戸へ出て興《おこ》した手裏剣術の流派であるという。

香取神道流というのは、刀術、槍術、柔術、居合、棒術に至るまで、あらゆる武術を修練する流派である。

その中に手裏剣術も含まれているのだが、何もかも巧みにこなせる門人は数少ない。

源兵衛は肝心の太刀、小太刀がまるで駄目で、他の流儀であれば初歩である〝切紙〟くらいの実力しかなかった。

それが、手裏剣術だけは群を抜いていた。

棒型であろうが車型であろうが、彼が打つと五間の間合からでも、見事に一寸四方の的に命中したという。

これに気をよくした源兵衛は、青雲の志を抱いて江戸へ出た。

彼が目指したのは、得意の針形手裏剣の他に、身近にある物を武器として打つという技の修練と普及であった。

たとえば火箸であるとか、金串、笄《こうがい》、簪《かんざし》、釘にいたるまで、先の尖った物であれば何でも手裏剣になるというものだ。

武士が刀の鯉口《こいぐち》のところに差し添える小柄《こづか》などは、柄が重いゆえに投げ打ったとて刃が的に向かない。

それは身の周りにある尖った物についても同じだが、工夫を加えることで、的に突き立つよう努力を重ねた。

つまり日用品の形状を、予め手裏剣として使えるよう整えておけば、家の中は手裏剣に溢れ、日々武装出来るという発想である。

町で暮らす庶民が圧倒的に多い江戸の町である。下級武士も含めて、容易く身につけられる護身術として、流行るに違いない。源兵衛はそう思って、麻布本村町《ほんむらちょう》に小さな仕舞屋《しもたや》を借り受け、ここを道場とした。

手裏剣の教授に広い板間は要らなかった。

この辺りは武家屋敷、寺社、少し歩けば百姓地にぶつかる郊外であるから、そっと木立に入れば稽古が出来る。

門人が増えれば、また新たな道場を開けばよいと考えた。

——自分は何とおもしろいことを思い付いたのだ。

悦に入ったものの、門を叩く者はまったく現れなかった。

そもそも江戸は、大名、旗本、それに仕える家来まで、武芸を学ぼうという者は、己が役儀をまっとうするためであったり、立身出世を夢見てのことだ。

身の周りの物を手裏剣代わりにするような武芸など学んでどうなるのだと、誰も相手にしなかったのだ。

それでも物好きはいるもので、あらゆる流派で手裏剣を学んだ末に、

「このような考え方もあるものか」

と、共感を覚えた武芸者。

「火箸で賊を追い払えるなんてえのは、乙《おつ》なもんじゃああありませんか。冬ともなれば、あたしは日がな一日火鉢の前に座っておりますからねえ」

などという町の物好き。

「金串の使い方に一工夫すれば、ちょいとおもしれえ芸になるんじゃあねえかと思いましてねえ」

という料理人。

「あっしは、親分なしの乾分なしで生きて参りやしたから、いざって時は……」

護身のためにはちょうど好いと通ってきた博奕打ち。

そんな弟子が十人ばかりついた。

といっても、まともに稽古をしに来たのは二、三人で、やがて源兵衛は不遇の中病に倒れ死んでしまう。

そして跡を託されたのが、富澤秋之助であったのだ。

秋之助は、タイ捨《しゃ》流や立身《たつみ》流といった武術で手裏剣を学んだ武芸者で、角野源兵衛に共感を覚えた一人であった。

どんな物でもたちまち手裏剣にしてしまう。

それこそ手裏剣術の極意ではないかと、彼は熱心に角野源兵衛に学んだ。源兵衛には妻子がなく、角野流の継承は秋之助をおいて他に継ぐ者はいなかった。

道統を継いだからとて、何もよいことはないが、源兵衛が目指していた手裏剣を、自分が大成してやろうと、麻布の道場に移り住み、日々修行を重ねた。

僅かにいた門人も、源兵衛の死と共にほとんどが角野道場に寄りつかなくなったが、角野流を完成させるのだという意気込みが、彼を道場に止めたのだ。

松岡大八が、富澤秋之助と知り合ったのはそのような折であったという。

「この辺りに武芸指南はおらぬかな」

当時の大八は、出かける度に、立ち寄った茶屋やそば屋で人に問うのが癖となっていた。

ある日、四之橋の袂のそば屋で、

「おもしれえお人がおりますぜ」

と、店の主人が教えてくれたのが、角野道場とその師範である秋之助であった。

興をそそられて訪ねてみると、小体な仕舞屋が藪の向こうに見えて、裏手の小さな庭で、木を打つ音がする。

木には巻藁《まきわら》が施してあり、そこに部屋から打たれたのであろう。まず棒手裏剣が突き立った。

「ほう、見事だ」

すると次の瞬間、的に火箸が突き立った。その次は包丁、さらに、金串、鑿《のみ》、錐《きり》……、あらゆる物が飛んできて的に突き立つ。

「何だこれは……」

武芸者には二種類ある。異端を嫌い、型にこだわる者。そもそも殺し合いに法は無いと、新たな発想をもって武を極める者。

大八は後者である。そもそも卑怯《ひきよう》だとか、形が悪いなどと言う者は、己が苦手と恐れを世の中から排除しようとして、異端を認めようとしないのだと大八は思っている。ますます興をそそられて、庭の木陰から的に飛びくる手裏剣に狙いを定めて、懐に携帯していた棒手裏剣を打った。

それは見事に、今しも突き立たんとした包丁を的の手前ではねとばした。

「いやいや、これは御無礼！」

大八は、驚いて庭に目を遣《や》る秋之助の前に出て頭を下げたのである。

秋之助は、大八に自分と同じ匂いを覚えたのか、武芸への想いを熱く語ったという。

それから、手裏剣についての意見を語り合い、大八は秋之助から日用品手裏剣術の手ほどきを受けてその日は別れた。

再会を期したが、当時は大八とて己が道場をたたんで、旅へ出てはまた江戸に戻ってくるという暮らしを送っていたゆえ、なかなか会う機会に恵まれなかった。何度も通うほどには、日用品手裏剣術に興をそそられなかったので、足が向かなかったともいえる。

「それが何年ほど前のことなのだ？」

三右衛門が訊ねた。

「三、四年前であったかと……」

大八が首を捻った。

「左様か。わしが旅先の小田原《おだわら》で出会うたのは二年ほど前であったが、互いに先を急いでいたゆえに、僅かに言葉を交わしただけで別れたのだ。この次会う時には、もう角野流は跡形ものう無くなっているやもしれぬと言っていた」

三右衛門は、大八から話を聞いていたたまれなくなったか、何度も溜息をついて腕組みをしたが、

「それにしても大八、おぬしは先だって〝思い出しておく〟などと言っていたが、しっかりと覚えていたのではなかったか」

ふと思い当たって詰るように言った。

「あの折はまだ長屋にいるつもりであったからな。こんな話をすれば、おぬしがしつこく訪ねて来ると思ったのだ」

「謀《たばか》りよったな」

「ははは、まあ許せ。今回の手裏剣指南はこれまでといたしましょう」

大八は、鷹之介に畏まってみせた。

松之丞や、新宮家家中の者達は、主君が務める武芸帖編纂所頭取という御役も、これでなかなか味わい深いものであると感じ入り、恭《うやうや》しく頭を下げて武芸場から下がったのである。

四

新宮鷹之介は、麻布本村町にあったという角野流道場を、早速訪ねてみようと、外出の支度をせんとしたが、

「いやいや、無駄足になるやもしれませぬゆえ、まずわたしが参りましょう」

大八はこれを押し止め、一人でふらりと屋敷を出た。

「とりあえず待つとするか……」

鷹之介は嘆息した。

「頭取は編纂所で堂々と構えておくべきでござりまする」

老臣、高宮松之丞からも言い聞かされているので、今回のところは辛抱したが、このところの鷹之介は何やらじっとしておれぬ自分に戸惑っていた。

城中に詰め、時に将軍の外出の警護をする日々では味わえなかった驚きと興奮が市井には溢れている。

麻布の角野流道場が残っていようがいまいが、そこには何らかの物語が残されて

いるのではないかと思うと、ここにじっとしているのがどうも残念である。今の鷹之介の頭の中からは、出世の道を閉ざされたという悲愴な想いは消えていた。

しかし、この日の麻布行きを思い止ったのは、結果的にはよかったようだ。

麻布本村町へと向かった松岡大八は、記憶を頼りに、目黒へと通じる薬園坂《やくえんざか》にあった件の仕舞屋を訪ねてみたのだが、そこはすっかりと寂れていて、出入り口に続く小径は雑草が生い茂り、開け放たれた板戸から覗く家の様子もこれといった調《ちょう》度《ど》がなく、障子や襖には破れが目立つ。

――やはり、もう道場はたたんだのであろうか。人が住んでいる気配がせぬ。

板戸の内へと入り、かつて富澤秋之助が道場とし、庭へ向かって手裏剣を打った広めの板間を見廻すと、床には埃《ほこり》が薄すらと積もっている。

どこかへ旅に出ていても、道場の番は誰かにさせていると、あの日秋之助は言っていたのだが――。

――周りの住人に訊ねてみるか。

大八は一旦、外へ出た。すると奥の一間から二人の武士がぞろぞろと出てきて、

「おぬしは何者だ」

「何用があって参った」

と、威丈高《いたけだか》に言った。

二人の武士は三十絡みで、いずれかの大名か旗本に仕えているような様子に見えた。

「何者？　何用？」

大八は、見下したような物言いをする二人にむっとしたが、そこは抑えて、

「某はただの通りすがりの者にござる。そういえば存じ寄りが、ここに住んでいたと、俄に思い出し覗いてみた次第にて。どうやら今はここにはおられぬよし。お騒がせいたしましたな」

相手をせずに立ち去ろうとすると、二人の武士は、素早く大八を追って外へと出て、

「待て。存じ寄りとは富澤秋之助のことか」

痩身で鷲鼻の一人が言った。

「いかにも」

大八が応えると、

「汝《うぬ》はその仲間か」

肩幅が広く団子鼻のもう一人の武士が、厳しい表情で咎めるように言った。

「いや、仲間というほどの者ではござらぬ」

大八は悠然としてやり過ごそうとしたが、今日は大小をたばさみ、どこぞの武芸者かという出立《いでたち》である。紋服まで着ずとも、少しは武芸帖の編纂方らしい形をせねばならぬかと、大八なりに気を遣ったのだが、この二人の目には何者かと映ったのであろう。

「待てと申すに」

再び鷲鼻が大八を呼び止め、団子鼻が立ち塞がった。

どうやら、富澤秋之助はこの連中と揉めた末に旅に出て、こ奴らがここで待ち受けている。そんなところであろう。とかく武芸者は、知らず知らずのうちに恨みを買うものだ。

大八とて、仕合で勝った相手に待ち伏せされ虎口《ここう》を逃れて八兵衛長屋で力尽きたのは、まだ近頃の出来事であった。

しかし考えてみると、こうして武士が二人、ここにいるということは、秋之助はまだ健在なのであろう。

とにかく、こんな連中に関わっていられない。早くここを離れないと、この無礼な二人を叩き伏せたくなってくる。

「おぬしらが、富澤秋之助にどのような遺恨があるのかしれぬが、某には何のことやらさっぱりわからぬ。道を開けられよ……」

大八はそう言って通り過ぎようとしたが、この二人にとっても、やっと網の目にかかった秋之助の知り人である。本当にただの通りすがりなのか、問い詰めねば気がすまないようだ。

「富澤について、知っていることを話せ。隠し立てするとただではおかぬぞ」

団子鼻が凄んだ。憎き秋之助の仲間をとりあえずいたぶってやろうというのであろうか。

大八の脳裏に、以前、自分を待ち伏せた奴らの顔が浮かんだ。あれは駿府の町道場であった。何度も断る大八に、たって仕合を望んできたのは向こうの方であった。

その頼みようが、人を臆病者扱いするひどいものだったので、道場の床に這うまでに叩き伏せてやった。

それを逆恨みして、江戸で待ち伏せるとは言語道断である。

六人全員を峰打ちに倒し、何とか一人も殺さずに済ませたが、自分も肩に深傷《ふかで》を負いそれがきっかけで、八兵衛長屋で暮らすようになった。思えばあの一件がなければ、おこうにふられることもなかったのだ。

そんな想いが頭を過《よぎ》り、大八は遂に頭にきて、

「道を開けよと申しておる!」

団子鼻を一喝した。

「何を!」

団子鼻も気色《けしき》ばみ、大八の胸倉を摑んだ。

しかし、彼はその刹那《せつな》、大八に投げられ宙を飛んでいた。

「おのれ!」

鷲鼻は動転して、思わず刀を抜いたが、大八はたちまち腰の刀を鞘ごと抜いて、その鐺《こじり》で鷲鼻の腹を丁《ちよう》と突いた。

こ奴は低く唸って、宙から落下した団子鼻と、仲よくその場で気を失ったのであ

る。

幸いにして草に覆われた仕舞屋の前は、人気もなく、松岡大八はさっさと離れて、そこが窺い見られる藪の中に身を隠した。

「面倒を起こしよったな」

藪の中には先客がいて、大八に囁いた。

水軒三右衛門であった。

あまりよく知らぬ武芸者を捜す時は、念のため二人で間合を取りながらかかろうと、三右衛門と大八は示し合わせていたのだ。

いつ、武芸者同士の争いごとに巻き込まれるか知れたものではない。一人で苦戦を強《し》いられた時は、もう一人が助け舟を出してその場を乗り切ろうという策であった。

これがずばりと決まったわけだが、

「早いところで逃げればよかったのだ」

三右衛門は苦言を呈した。今は倒れている二人だが、正気に戻れば仲間を募って大八を捜すかもしれない。

「大した奴らでもあるまい。こちらは御公儀の命でしていることだ。かえって後悔させてやる」

大八は、胸倉を摑んできたのは奴らであるし、あの態度は許せんと息まいた。

「まあ、わしとて今の様子ならば、知らず知らずのうちに体が動いていたかもしれぬな」

「そうであろう。何なら口を塞いでもよいが、そこまですることもあるまい。後は頼んだ。おれはひとまず頭取に報せに帰る」

大八は怒ると能弁になる。言うだけ言い置いて新宮屋敷へ戻った。

――大八もなかなかやる。

三右衛門はニヤリと笑って、鷲鼻と団子鼻を窺い見た。やがて二人は息を吹き返して、

「おい、今のは恐ろしい奴であったな」

「富澤秋之助の仲間であろうか」

「いや、存じ寄りではあるが、久し振りに訪ねてみれば留守であったというところだろう」

「うむ、そうだな。そうに違いない」

二人は、頷き合った。この不様なやられようは互いに秘密にしておこうと、暗黙の了解を交わしているように見えた。

「とりあえず、富澤は現れなんだのだ。そう報せておこう」

そう言って歩き出したのは団子鼻であった。

「すぐに見張りを寄こすように伝えてくれよ」

鷲鼻は不安そうに声をかけると、仕舞屋の奥へ消えた。

三右衛門はこれを待っていた。そっと団子鼻の跡をつけたのである。

五

「青山善光寺《あおやまぜんこうじ》の西、望月修理《もちづきしゆり》といえば、五千石の寄合《よりあい》……。なかなかの大物だ」

新宮鷹之介は、大きく息を吐いた。

件の団子鼻の武士の跡をつけた水軒三右衛門は、この武士が青山善光寺の西方にある大きな屋敷へと消えていくのを見届けてから、赤坂丹後坂へと引き返してきた。

そしてその御屋敷は旗本五千石の望月修理邸であると知れたのだ。

同じ旗本でも、三百俵の新宮家とは大きな違いであるが、鷹之介は将軍家の側近くに仕えていただけに、望月修理についての噂は聞き及んでいた。

徳川家三河《みかわ》以来の譜代《ふだい》で、今は無役であるが、方々の有力者と姻戚を結び、隠然たる権力を持っていると言われていた。

「その上に武芸好きで、屋敷内に大きな武芸場があって、当代名うての剣客を呼ぶのがお好きとのこと」

「そういえば聞いたことがござった。某の師である柳生但馬守様も一度招かれたとか」

三右衛門が言った。

「ならば、おぬしも柳生様に付いていったのではなかったのか」

大八が口を挿《はさ》んだ。

「いや、連れていってもらった覚えはない」

「おぬしは何度も御師匠から御勘気を蒙っているから、ちょうどその折であったのだな」

「余計なことを申すな」

大八はニヤリと笑って、

「そんなことはどうでもよかったな。それにしても、武芸好きだかどうかは知らぬが、あの二人を食客として遇しているのならば、彼の御家も大したものではござらぬな」

「うむ、大八の言う通りじゃ」

三右衛門はにこりと笑ったが、

「さりながら、富澤秋之助は何をやらかしたのでござろう。望月家を敵に廻すなど、余ほどのことでござるぞ」

すぐに宙を睨んだ。

「望月様には常日頃から食客《しょっかく》がいるということならば、その者たちが起こした諍《いさか》いかもしれませぬな」

高宮松之丞が言った。

談合は、鷹之介の居間で行われているが、松之丞だけは常に端に控えている。

「なるほど、さすがは御用人じゃ。望月家そのものではのうて、望月家絡みのことならば領けますな」

三右衛門は膝を打って、松之丞を喜ばせたが、大八は渋い表情で、

「しかし、食客絡みと申しても、そこには望月のお殿様の意向があるのかもしれぬ」

と、言う。

「なるほど……」

鷹之介は神妙に頷いた。

三右衛門は溜め息をついて、

「何やら面倒でござるな。言いだしておいて何でござるが、今さら角野流など調べたとて詮なきことでござる。これはまず後回しにしておいてはいかがでございましょう。そのうち、大八が一暴れしたほとぼりも冷めると申すもの」

鷹之介を宥《なだ》めるように言った。

松之丞も相槌を打って、

「さすがは物事に長じた水軒先生でござる。わたくしもそれが何よりかと存じまする」

ことなかれを説いて、三右衛門に先ほどのお返しをした。

「いや、こちらには何の落度もないのだ。角野流の調べについては、既に御上に申し上げているることゆえ、ここで引いては面目が立たぬ」

鷹之介は年寄二人の意見を一蹴《いっしゅう》した。

富澤秋之助が望月家との間にどのような事情を抱えていたかなどは、武芸帖編纂所にとってはどうでもよいのだ。

角野流手裏剣術が、いかなる流派で今は継承者が誰で、どのような稽古を続けているのか。または、秋之助によって終りを迎えたのか——。

我らはただ淡々とそれを調べるべきものであると、鷹之介は言うのである。

三右衛門、大八、松之丞は、驚いたような表情で鷹之介を見ていたが、

「畏れ入りましてござりまする……」

松之丞がまず平伏すると、大八も大きく頷いて、

「頭取の仰せはもっともでござる。望月家がいかに大身の御旗本であろうとも、我らは上様の御意向により調べものをしているのだ。五千石を恐れて後回しにできるか」

と、三右衛門を詰った。

松之丞と大八は、鷹之介の心意気と、清廉なる想いを〝若さゆえ〟と切り捨てず、大いに称えた。

三右衛門は少し悔しそうに、

「ふん、おぬしが堪《こら》え性ものう、二人の者を痛めつけるから話がややこしゅうなったのであろうが」

大八に文句を言うと、

「頭取がそう仰せならば、我らもまた富澤秋之助の行方を突き止めてみましょう」

力強く言った。

「ならば、此度は師範代を訪ねてみるといたしましょう」

大八がすかさず言った。

「師範代？　ほとんど弟子もおらぬというのに、そのような者が？」

鷹之介は小首を傾げた。

六

翌日。

編笠を目深《まぶか》に被った剣客風の三人連れの姿が、目黒白金の高野寺《たかのでら》門前にあった。若き武士に初老の二人が付き従う様子を見れば、それが新宮鷹之介、水軒三右衛門、松岡大八であることは言うまでもない。

昨日の今日のことなので、大八は用心のため衣服を替え、編笠を着けて外出をすることにしたので、二人がこれに合わせた形となった。

大八の案内で三人が目指すのは、富澤秋之助の師範代・中田郡兵衛《なかたぐんべえ》の浪宅である。

師範代といっても、大八曰く、

「その折は、弟子が一人しかおらなんだゆえ、本人がおもしろがって、そのように称していただけでござる」

で、あるそうな。この郡兵衛は洒脱《しゃだつ》な男で、日用品での手裏剣術を編み出した角野源兵衛の〝馬鹿馬鹿しさ〟に感銘して入門したという。

「町の物好きと同じでござってな。某が麻布の稽古場を訪ねた折は、富澤氏の傍らにいて、師範代でござると、澄ましておりました」

飄々《ひょうひょう》としたおもしろい男で、大八にあれこれ語りかけてきて、大八が旅で知ったこと、出合ったことなどを訊き出しては、

「なるほど、この世には色々なことがあるものにござりまするな」

感心してみせたというから、武芸談を訊くのが道楽であったのだろう。

「それで、手裏剣の腕の方はいかに」

鷹之介が問えば、

「まず、頭取の足許にも及びませぬが、どういうわけか、火箸だけはしっかりと的に当たりまする」

「それだけ、火鉢の前によう座っているということであろう」

三右衛門が失笑した。

それでも、秋之助は郡兵衛にはなかなか信頼を置いていたようだから、ひょっとすれば、その消息を知っているかもしれぬと思ったのである。

角野道場を出る時、郡兵衛は大八に、

「某は、白金の高野寺門前にある貸本屋に間借りをいたしておりますれば、近くをお通りの折はお訪ねくださりませ」

と、告げていたという。

「大八、それを早う申せ」

「あれからすぐに訪ねようと思うたのだが、あの馬鹿侍が絡んできたによって、今日になってしもうたのだよ」

そうして三右衛門と大八のこのようなやり取りがあって、今三人は高野寺門前にいるのである。

今日もまた、三右衛門と大八で様子を見てきますと二人は言ったが、望月家の動向も気味が悪い。

もしや、先方も中田郡兵衛の行方を求めていて、鉢合せするようなことになれば大変である。

ここは頭取自らが、いざという時のために同道した方がよいと鷹之介は判断したのである。

鷹之介の懐中には、これが公儀の役目による取調べであると証明する、若年寄・

京極周防守による書付があった。

何かの折には、このお墨付きが効力を発揮するであろう。

だが、書付を所持しているなど、何ほどの理由ではない。鷹之介は、角野流のその後をこの目で確かめてみたくて仕方がなかったのだ。

しかも、望月家の屋敷に出入りする者が、大八を秋之助の仲間と見て絡んできたというのも、何やら謎めいていて大いに興をそそられるではないか。

「あった、あった。あの貸本屋に違いない」

やがて大八は、白金一丁目の表通りに面する一軒の貸本屋を見つけた。

間口二間ばかりの店で、二階付きである。そこが、中田郡兵衛の住まいになっているのであろうか。

「ちと、案内を請うて参ろう」

店へと向かう大八を、

「待て、ここは頭取にお出ましを願おう」

と、三右衛門が止めた。

郡兵衛がいればよいが、そこにおらず転居していた場合、大八や三右衛門のよう

な、むくつけき剣客風の男が訊ねると、

「これは、中田の旦那に難儀が降りかかるのではないか」

などと思って、転居先を教えてくれぬかもしれぬと言うのだ。

「三殿の言うことはもっともだ。まず訊ねてみて、おらぬようなれば、はっきりと己が身分を名乗ってみよう」

鷹之介は、そのために今日は自ら出て来たのだとばかり、貸本屋へと向かった。

編笠を脱ぎ、脇に抱えると、新宮鷹之介には、見るからに高貴な武士がお忍びで町歩きをしている風情が漂う。

それを口にすれば、鷹之介が嫌がるかもしれぬと、三右衛門と大八は黙って見送ったが、二親を早くに亡くしたというのに、曲がらず真直ぐに旗本の殿様として育った鷹之介に、それぞれが奇跡を覚えていた。

三百俵くらいの旗本ならば、未だ親の跡を継がず、町場で伝法《でんぽう》な物言いをして、遊び呆けている者もいる。

後見した高宮松之丞が偉いのか、鷹之介天性のものなのか。

三右衛門と大八は、この若き殿様に仕える喜びを覚え始めていた。

そんな二人の想いを知る由もなく、鷹之介は颯爽と貸本屋へ歩み寄り、涼しげな表情で、

「ちと物を訊ねたいのだが」

と、五十絡みの主人に声をかけた。

「へ、へへえーッ」

主人は、実直でいかにも本好きに見える物静かな男であるが、彼もまた鷹之介の気品のある立居振舞に何やら気圧《けお》されたようで、

「何なりと……」

と恭しく応えた。

「大した話でもないのだ。身共は、御公儀の命を受けて、近頃はすっかりと流行らぬようになった武芸の流派を調べているものでな……」

鷹之介は、ゆったりとした物言いで用件を告げ、中田郡兵衛の今を訊ねた。

主人はまるで疑うことなく、

「あの旦那が、武芸の流派などというものに関わっていたとは、見かけによりませんねえ……」

深く感じ入った。

「今もここにいるのかのう」

「いえ、それがもうここにはおいでにならないのでございます」

「おらぬか……」

鷹之介はがっかりとしたが、主人はそれを大いに哀しんで、

「ああ、でも、御案じなさらずともようございます」

「今はどこにいるか知っていやるか？」

「へへェ。あの旦那は品川台町《しながわだいまち》の方にお移りになりましたのでございます」

「品川台町か、あの辺りには上様の御放鷹《ごほうよう》の折に御供仕ったが、確か雉子《きじ》の宮《みや》という社《やしろ》があったはず」

主人は、自然と将軍家御放鷹の話が口をつく鷹之介に畏れ入って、

「は、はい、その雉子の宮の鳥居前の百姓小屋にお住まいだと聞いております」

「左様か、あの辺りは田畑に雑木林が眼下に広がる美しいところであるが、そこで中田郡兵衛殿は、兵法の修行でもしているのかな」

「兵法の修行などとは、とんでもないことでございます。あの御方は今では、中田

軍幹《ぐんかん》という名で、読本《よみほん》などを書いておられますよ」

「読本?」

鷹之介は目を見開いて、主人を見つめた。

黒く澄み渡った瞳に見つめられて、

「は、はい。黄表紙《きびようし》とか、その類《たぐ》いでございます」

主人は、少しうっとりとして応えた。

七

中田軍幹となった郡兵衛が暮らす、品川台町の家はすぐに見つかった。

小さな百姓小屋であるが、藁屋根に趣があり、文人が隠棲するに相応《ふさわ》しいところであった。

鷹之介を始めとして、三右衛門、大八もまた、あれこれ書籍には触れてきたが、どうしても兵法書、軍学書や、古典物が多く、読本の類いには詳しくなかった。

それでも、大八は当時を思うと、

「なるほど、あの男にとっては武芸を習うのも、話の種を得る方便であったのでございましょうな」

と、妙に納得がいった。

訪ねてみると、果して郡兵衛はいた。

「おや、こいつは嬉しゅうございますねえ」

郡兵衛は大八をよく覚えていて、手を取らんばかりに喜んだ。

今は脇差ひとつ差しておらず、いかにも戯作者《げさくしゃ》らしい洒落た風情になっていたが、三人が姿を見せた時は、手に火箸を握り締め顔に緊張を浮べたものだ。

大八はそれを見てとって、

「おぬしも達者で何よりだが、何か厄介事でもあったのかな」

と訊ねつつ、ここを訪ねてきた経緯を告げた。

「ならば、こちらは御旗本のお殿様で。これは御無礼をいたしました」

郡兵衛は恐縮しきりであったが、

「富澤先生がここにおいでなら、喜ばれたでしょうに」

つくづくと言った。

「富澤殿の身に何かあったのかな？」

大八が問うと、

「二月前に、ここの裏手の墓所《はかしょ》に入ってしまわれました」

郡兵衛は涙を浮べて俯いた。

「亡くなったのか……」

大八は目を丸くして、鷹之介と三右衛門と顔を見合わせた。

郡兵衛の話によると――。

三月《みつき》ほど前に、富澤秋之助がこの家を訪ねてきて、

「すまぬが、少しの間、ここに置いてくれぬか」

と頼んだ。

よく見ると、秋之助の腹の辺りには血が滲《にじ》んでいた。

本人はそれを、

「稽古でしくじりをしでかしてな……」

と言って取り繕ったが、手裏剣の稽古をつけていた相手の一打を受けるなど、まず考えられないことで、わざわざここを訪ねて来たのにはそれなりの理由があるの

であろうと察し、郡兵衛は何も問わなかった。

「ここなら、人目にはつきませぬ。傷が癒えるまでの間、じっとなされてくださりませ」

「忝し」

「先生がここにいることは……？」

「誰も知らぬ。知られてもおらぬ」

「畏まりました」

武芸者ゆえに、争闘の場に身を置くこととてあるだろう。今は角野流からもすっかりと離れ、世捨て人を気取って戯作三昧《げさくざんまい》に暮らす郡兵衛であるが、武士としての心意気までも捨ててはいない。

ここなら誰にも気付かれまいという打算以上に、中田郡兵衛の男を見込んで秋之助は訪ねて来たのだ。確とした理由を告げぬのも、言えばかえって郡兵衛を巻き込むことになるのではないかという配慮であろう。

郡兵衛は黙って秋之助を匿《かくま》ったのである。

秋之助は、郡兵衛の気持ちをありがたく受け止め、

「しくじりをおかしたこと、まったく面目ない。それゆえ、詳しいことは聞かずにいてもらいたい」

そう言うと、五両の金子を迷惑料だと郡兵衛に渡した。

「今思えば、その望月様の御家中と、何か揉めごとを抱えていたのやもしれませぬな」

郡兵衛は考えを巡《めぐ》らせた。

しかし、秋之助がいる間は、この家の周囲は、いつもながらの穏やかさであったから、望月家の連中も、秋之助にこのような弟子がいて、品川台町に身を潜めているとは夢にも思わなかったのであろう。

「左様か。貴殿のよい心がけが、天に通じたのでござろう……」

何事にも、素直に感動する鷹之介は、郡兵衛を称えて、この洒脱な男をも照れさせた。

「して、おぬしの助けも空しく、富澤氏はその傷が因《もと》で一月後に命を落されたか」

大八が問うた。

郡兵衛は頭を振って、

「いえ、その傷が先生から力を奪ったのは確かでしたが、どうも先生は胸を患っていたような……」

「胸を患っていた？　では、そもそも余命いくばくもなかったと申すか」

大八は、秋之助に会った時の様子を思い出してみたが、そういえば痩身で嫌な咳を時折していたような気がする。

三右衛門も旅の途中に会ったことがあるが、

「今にして思えば、何かをやり遂げねばならぬという焦りのようなものがあったのかもしれぬな。ゆるりと話もできず別れたのも、そのような理由があったような気がする」

と述懐《じゅっかい》して富澤秋之助を偲《しの》んだ。

「死を悟って、何かを成そうとされていたのでござろうか」

鷹之介は思わぬ展開にやり切れず、殊勝な物言いで中田郡兵衛に悔やみを述べた。

「はい。わたしもそのように思います。今わの際《きわ》に、先生は何かを言いたそうにされていましたが、何を言ったとて詮なきこと。かえってわたしに手間をかけさせると思われたのでしょう。ただ〝すまぬ〟と一言遺されて……」

富澤秋之助が、果して何をやり遂げんとしたのか。それが望月家との諍いを生むことになったのか。すべては謎となってしまったが、とにかく秋之助は死んだのだ。

望月家の連中も、いつかそれを知るだろう。

「もしその折に、面倒なことが出来《しゅったい》いたさば、力になろう」

鷹之介は威厳をもって伝えると、

「最前、富澤氏は裏手の墓所に眠っているとのことであったが……」

帰りに参っておきたいと案内を請うた。

郡兵衛は大いにありがたがって三人を案内した。

そこは雉子の宮のさらに裏手の小高いところにあった。

墓所といっても、いくつかの粗末な墓標があるだけの心淋《うら》しいところで、まだ新しい分、富澤秋之助の卒塔婆《そとば》がはっきりと見てとれた。

「先生はここから見る眺めがお好きでしてね。死んだらここに埋めてくれとよく仰っていたものです。わたしも何度か来るうち、ここならゆっくりと物が書けると、すっかり気に入ってしまいまして」

「なるほど、それで白金から品川台町へ移り住んだというわけか。富澤氏も気の利いた弟子を持ったものだ。逃げ込むによし。死んで墓に入るもよしだ」

三右衛門は陽気に語って、湿っぽい様子を払拭《ふっしょく》した。

確かによい景色だ。木々の青に、田畑の青、それらが交じりあって、目黒川《めぐろがわ》の流れをやさしく呑み込んでいる。

「先生、よろしゅうございましたな。武芸帖編纂所という御役ができて、まず角野流を取りあげてくださいましたぞ。わたしは、ほんの少しかじっただけで、怪しげな戯作者になってしまいましたが、鼻が高うございます……」

墓に呼びかける郡兵衛の声も湿っていた。

鷹之介、三右衛門、大八の三人は、黙って手を合わせた。

同じ武士に生まれながら、漂泊を繰り返しつつ、名もなき武芸者として粗末な墓標に名を刻まれ、やがてそれも朽《く》ち果てていく……。そのような男は数えきれぬほどいたのであろう。

富澤秋之助は、自分の生きてきたこれまでの道筋を誰にも語ろうとしなかったという。

「いつか、思うがままに手裏剣を打てぬ日がくるだろう。昔話はその時の暇潰しのためにとっておこう」

それが口癖で、話上手な郡兵衛さえも秋之助の過去をよく知らない。

親の代からの浪人で、方々で武芸を習い、方便を立てるために、用心棒稼業で時折金を稼いでいた。

それだけしかわからなかったのだ。

鷹之介は、どうにもやり切れなかった。

悲しみの目に映る美しい景色は、彼の胸をいやというほど締めつけたのである。

八

新宮鷹之介一行は、拍子抜けを禁じ得ず、しばし無言で帰路を歩んだ。

中田郡兵衛は、師範代を気取っていたこともあったが、ここ数年はほとんど角野流には関わっておらず、戯作者の暮らしを送っていたようだ。

秋之助も身を隠すに当たって、誰よりも目立たぬ存在で、人としては信用のおける彼を頼ったのであろう。

問題は、秋之助が手負いで郡兵衛の家へ逃げ込んだのには、どのような経緯があり、それに望月家がいかに絡んでいるかであるが、

「これは、某の存じ寄りである、儀兵衛という差口奉公の者に、そっと探ってもらうこといたしましょう」

三右衛門は、そのように策を巡らせて、角野流については、

「角野源兵衛より受け継ぎし、富澤秋之助なる者、あらゆる道具を手裏剣として打つ術にさらなる工夫を加えたが、文政元年、志半ばにて死去、後、この流派の師範たる者見当らず――。などとしておけばようござるな」

と、鷹之介に勧めたが、

「いや、角野流が滅んだと考えるのは早計ではなかろうか」

鷹之介は納得しなかった。

「富澤秋之助には謎が多い。これといった秘伝書も残さぬままに空《むな》しゅうなったそうだが、中田郡兵衛の知らぬところで、何者かに相伝《そうでん》しているかもしれぬ」

「それを捜し出そうと申されるのでござるか」

「いかにも」

三右衛門は辟易《へきえき》として、

「それはちと骨が折れましょう。何者かに相伝していたとて、表に出てこぬとならば、それは無きに等しゅうござる。ここはもう、滅んだということにして、次の流派に移ってはいかがかと……」

「滅んだということにして……。それでは上様を欺《あざむ》いたことになる。それはなりませぬぞ」

鷹之介は、ゆったりとした口調で窘めた。

「なりませぬかな」

三右衛門は少し口を尖らせてみせた。

清廉潔白が新宮鷹之介の身上であり美しさでもあるのだが、

――大人の男というものは、清濁併せ呑む懐の深さも持ち合わせておらねば、ことは前に進まぬものだ。

三右衛門は、それを説こうとしたが、言葉を呑み込んだ。

この実直さが鷹之介の何よりの魅力であるからだ。

清を追いかける鷹之介は、三右衛門と大八のように濁を知り過ぎた者にない力を持っている。

この芽を摘んでしまってはいけない。どこまでも大きな木に成長するよう見守るのも、自分の役廻りなのではないか——。

三右衛門は柄にもなく、そんな分別をしたのである。

大八は、三右衛門の表情を窺い、ニヤニヤとしている。

「三右衛門。おぬしが角野流を調べんと図ったのであろうが。もう飽きて、一杯やりとうなったのかのう」

そして、からかうように言った。

「ふん、わしは頭取に、たとえ話を申し上げただけじゃ」

大八に言い返す三右衛門に、

「酒なら、そのうちたっぷりと飲ませて進ぜよう。三殿、頼みますぞ」

鷹之介も笑った。

三右衛門は、日増しにこの若殿の笑顔に弱くなってきている。

「ならばまず、あの墓所を張ってみるといたしましょうか」

すかさず策を授けて、勝ち誇ったように大八を睨んだ。

「墓所を張ってみる？」

小首を傾げる大八に、

「おぬしも耄碌《もうろく》したか。考えてみろ。富澤秋之助は予《かね》てより、あの墓所に眠りたいと申していたというではないか」

「なるほど、中田郡兵衛の他にも、その想いを伝えていた者がいるやもしれぬな」

大八は合点がいったと頷いた。

「そうであろうが。中田氏は、用心のためにそっと埋葬したようじゃが、予々その話を聞いていた者がいて、富澤秋之助とある日を境に繋ぎが取れぬようになったとしたらどうする？」

「中田郡兵衛と面識のない者は、あの墓所を訪れ、そこに富澤秋之助の墓がないか、念のため探すであろうな」

二人の会話を聞いていた鷹之介は、

「富澤秋之助が余命いくばくもないと察していたならば尚さらだ……」

彼もまた深く頷いた。

「このところ、あの墓所をよく参っている者はおらぬか、墓守に訊いてみるとしよう」

九

早速、墓守を尋ね廻った後、鷹之介がこれに問うと、

「はて、そのようなお人がおりましたかどうか……」

しばし首を捻っていたが、三右衛門が小銭を握らせると、たちまちそのまじないが効いたようで、

「思い出しました。二十歳を少し越えたくらいの、ちょっと粋な女が参っているのを二度ばかり見かけましてございます」

「ほう、粋な女か……」

意外な返答であった。

「声をかけてみたら、五助《ごすけ》っていう男の墓がここにあると知って、参りに来たってえんです」

そうで」

「へい、確かに三年前、この墓所に葬られたんですがね。ろくな野郎じゃあなかったみてえで、誰一人参りに来た者はなかったんですが、その女は前に世話になった
そうで」

「左様か。女に何かおかしなところはなかったか？」

「おかしなところ……。そういえば、その女、五助は暴れ者だったから、他の仏に迷惑をかけているんじゃあねえかって、方々に花を供えておりやした」

「方々に花をのう……」

鷹之介が思い入れをする横から三右衛門が、

「女が来た日を覚えてはおらぬか」

「詳しいことは覚えちゃあおりませんが、この前来たのは、確か月の半ばだったような」

「その前はいつだ」

「それも、月の半ばでございました」

三人は、そこまでの話を聞くと一旦墓所を後にして、雉子の宮の境内の茶屋に腰

をかけて話し合った。

「その女、何やら怪しい……」

鷹之介が思い入れをした。

五助の墓を参りに来たというのは方便ではないのか。

実は富澤秋之助の墓参に来たのだが、秋之助縁《ゆかり》の者であると知られたくなかったのかもしれぬ。

それゆえ、他の墓に花を供え、秋之助へ供養の花を手向《たむ》けることの隠れ蓑にしたのではなかろうか。

三人の想いは、それで一致していた。

「月の半ばに来たと申したが……」

首を捻る大八に、

「やはりおぬしは耄碌をしたな。富澤秋之助の命日は十四日と墓に書いてあったであろう」

三右衛門はからかうように言った。

「そうか、月参りをしたということか」

真に、三人寄れば文殊《もんじゅ》の智慧《ちえ》である。

鷹之介は、物事に長じた二人に揉まれながら、武芸者としての感性を確実に磨いていた。

「ならば、前後を合わせて三日ほどの間、見張ってみれば、女に会えるかもしれぬ」

鷹之介はにこりと頷いた。

富澤秋之助の、次の月命日は七日後となっていた。

季節は残暑厳しき初秋となっていた。

鷹之介は女に興味を抱いたが、さすがにこの張り込みは三右衛門と大八に任せた。

十三日の早朝から二人の姿は新宮屋敷から消えた。

野に伏し山に伏す暮らしは、二人にとって何でもない。

願わくば、この月も確実に現れてもらいたかったのだが、天にその想いは通じたようだ。

十四日の朝四つ頃。件の墓所に一人の女が現れた。女は手に花を幾束も抱えていた。

「あの女に違いない」

三右衛門と大八は少し離れたところで張り込んでいたのだが、互いにそれに気付くと、遠巻きに墓所を窺った。

武芸者に絡んでいる女ならば侮ってはいけない。

二人は長年の勘で、女は素人ではないと見ていた。

滝縞《たきじま》模様の単衣《ひとえ》に献上の帯。墓参には確かに粋だ。何かのついでに立ち寄ったのであろうか。そのように見せているのかもしれない。

女は、墓守が言ったように、墓という墓に花を供え、

「よろしくお願いしますよ」

と、声をかけているが、富澤秋之助の墓には何も言わず、花を手向けてから黙禱《もくとう》した。

じっと眺めると、やはりこの女は秋之助を参りに来ているのだとわかる。

昨日は日がな一日墓所を見張り、時に二人顔を合わせて無駄話に刻《とき》を費した。

日暮れて後は、夜の墓参もあるまいと、近くの物置小屋で夜を明かしたが、まだそのような無理に体は十分堪えられる。その発見が二人をさらに元気にしていた。

女は細身で、少し怒り肩なのだが、面長できりりとした目付きが醸《かも》す妖艶さを、その健康さがうまく抑えて、彼女の魅力を引き立てていた。

女は長居をしなかった。

五助らしき墓に片手拝みをした後、さっさと墓所を後にした。

そこから三右衛門と大八の巧みな尾行が始まった。

一人ではわざとらしくなる取り繕いも、二人なら絶えず堂々としていられる。

人の尾行など、いつどのように稽古をしたのかしれぬが、二人共にいつしかそれを身につけていた。

戦いの日々に身を置くのである。つけられることもあれば、つけて相手を知らねばならぬこともある。

自然と身に備ったものは、求道者にとって血肉となるのだ。

女はなかなかの健脚である。二本榎《にほんえのき》の通りから三田台町《みただいまち》へ、聖坂《ひじりざか》から四国町《しこくまち》へと抜けて、軽い足取りで芝口《しばぐち》橋の船宿へ入った。

「船に乗られるとまずいな」

大八は顔をしかめたが、

「いざとなれば陸《おか》から追えばよいが、まずあの船宿で我らも船を頼んでみようぞ」

三右衛門はしたり顔で船宿へ入り、出てきた女中ににこやかな笑顔を見せて、

「船を頼めるかな」

素早く心付けを握らせると、

「いや、この者とは久しぶりに会うてな。どこへ行くでもなく、船遊びでもできればよいと思うてな」

「左様でございますか。少々お待ちを……」

むくつけき武士がかわいげを見せると、相手は何かしてあげたくなるものらしい。心付けも弾んでいたから、女中はすぐに話を通して素早く屋根船に酒の用意も調えて、用意してくれた。

ちょうど女を乗せた船が出たところであった。

「あの粋な姐《ねえ》さんはどこへ行くのだい」

三右衛門が船頭に問うと、

「へい、深川《ふかがわ》のようでございますが」

「好《い》い女が川風にほつれ毛を揺らす様子にはえも言われぬ風情があるのう。あの姐

さんを眺めて、しばし一杯やりながらとにかく深川まで行く、そこでまたどこで飲むか、考えるとするか」

今度は大八に言う。

「万事おぬしに任せるとしよう」

「では、船頭、頼んだぞ」

「へえ〜い！」

二人を乗せた船は女の船を追いつつ、水上に漕ぎ出した。

この日も暑かったが、屋根船は陽光を遮り、川風が心地よい。

「三右衛門、よい調子だな」

「まったくだ。大八、お前も少しは飲むがよい」

「おれは、三杯も飲めば十分だよ」

「船頭、おぬしは何年艪《ろ》を操っておるのだ」

「へい、二十年にもなりましょうか」

「やはりな。わしも何度も船には乗っているが、おぬしほどの達人に会うたことはないぞ」

「達人なんて、畏れ多うございますよ」

「いやいや、武芸も船頭の技も同じだよ」

そのうちに話も弾んでくる。

「時に、あの粋な姐さんは素人ではあるまい」

「そのようで、確か、辰巳《たつみ》の女芸者で春太郎《はるたろう》という姐さんだったと」

「ほう、春太郎。辰巳芸者とはよいな」

「三味線だけじゃあなくて、舞や踊りも大層上手で、芸が売り物の姐さんだそうですぜ」

船頭の口も軽くなってくる。

三右衛門と大八は顔を見合わせて、にこやかに頷き合った。

やがて春太郎なる女を乗せた船は、佐賀町《さがちよう》の船着き場につけられた。

武芸者二人もここで降りた。

大八は三右衛門に後事を托し、赤坂丹後坂の新宮屋敷に急ぎ戻り、この日の成果を鷹之介に報せた。

「武芸者が女芸者の正体を突き止める……？　さて、三殿はどうするつもりなのであろう」

どうもわからぬが、これは今の自分には到底出来ぬことだと、鷹之介はすぐにでも深川へ足を運びたい想いを抑え、大八の労を労うと、

「大殿《だい》、一息入れた後、手裏剣の稽古をつけてはもらえませぬかな」

持て余す力を鍛錬に向けて、大八を大いに喜ばせたのである。

第四章　女芸者

一

「富澤秋之助の道場に、おかしな者が……？」

「いかにも。武芸者、兵法者といった大柄の男でござった」

「訪ねて来たところを問い質《ただ》したのか」

「無論のことにて」

「何と応えた」

「ただ、通りすがりに立ち寄っただけで、これといった用はないと」

「存じ寄りの者であるのは確かなのだな」

「いかにも」

「して、そ奴をどうした」

「手の内に置いて、じっくりと問うてみようと思ったのでござるが、たちまちのうちに走り去ってしまいまして……」

「取り逃がしたと申すか。何のためにあの道場で長い間待ち伏せていたのだ」

「面目ござらぬ。思いの外、素早い奴でござって」

「ふん、本当のところは、そ奴に叩き伏せられたのではないのか」

「と、とんでもない……」

「まあいいだろう。そ奴は何か企んでいそうであったか」

「おかしな奴でござったが、此度のことに関わっているとは思えませなんだ」

「今は、伊勢崎《いせざき》一人が見張っているのか」

「左様」

「すぐに、二人ほど遣わそう」

「忝《かたじけな》し……」

「それにしても、富澤め、いったいどこに消えたのだ」

「あの一件は、本当にき奴めの仕業なのでござろうか」

「おれが誤ったと申すか」

「いや、とんでもないことでござる。まともに弟子もおらぬような男が、あれほどの腕を持っているとは思いもよらず……」

「くだらぬ手裏剣術にこだわるゆえ、世に埋れはしたが、奴の技は大したものだ。侮るでない」

「肝に銘じておきましょう」

話は少し遡《さかのぼ》る——。

薄暗い板間の一室で深く頷いたのは、件《くだん》の団子鼻の武士であった。

となると、伊勢崎というのが、鷲鼻の武士ということになる。

団子鼻は、西沢《にしざわ》某という武士で、先ほどから彼の報告を受け、威丈高に問いかけているのは、三十半ばのいかにも屈強そうな剣客風の男であった。

ここは言わずと知れた、旗本五千石・望月修理の屋敷内である。

剣客風の男は、当家の食客で梶《かじ》田《た》成十郎《しげじゅうろう》という。

凄みに溢れた武士で、彼の傍にいるだけで、身を斬り裂かれそうな怖気《おぞけ》がはしる。

「こちらのお殿様も業《ごう》を煮やされたかして、出入りの御用聞きに、秋之助の身の周りを当たるようにお命じになったようだ」

「形振《なりふ》り構っておられぬというところでござろうか」

「そういうことだ。ゆめゆめ、抜かるでないぞ」

やはり、富澤秋之助を追っていたのは、望月修理の手の者であるようだ。

二

文政元年七月十五日。新宮鷹之介の屋敷では、落ち着かぬ朝を迎えていた。

角野流手裏剣術二代的伝《てきでん》・富澤秋之助の墓に参っていた謎の辰巳芸者・春太郎――。

彼女の行方を追った水軒三右衛門は、前日以来屋敷に戻っていなかった。

女芸者一人の跡を追ったとて、何ほどのこともあるまいが、秋之助に不穏な影が絡みついていると知れた今、どうも気にかかった。

春太郎という芸者が秋之助とどのような関わりがあるのかも、早く知りたいところであった。

「三右衛門は、深川で一杯やりながら、上機嫌で女の正体を暴いているのでござりましょうよ」

松岡大八は、少し呆れた顔をして、鷹之介に告げたものだ。

「とはいえ、深川の盛り場を探るとなれば、三殿に任すしかないか……」

鷹之介は苦笑するしかない。

水軒三右衛門がこの屋敷に初めて来た日。彼の跡をつけて、愛宕下から神明町へと微行で出向き、夜の盛り場を体感したが、

——やはりこの身には馴染まぬ。

という想いを新たにした鷹之介であった。

あれから三右衛門は、

「夜の町もなかなか好いものでござりまするぞ。頭取は、けばけばしい女がお嫌いのようでござるが、あのような女を恐れていては、遊里という伏魔殿《ふくまでん》では後れをとりましょう」

などと言って、慣れるよう勧めるが、

「伏魔殿の鬼退治は三殿に任せるとしよう」

と言って取り合わなかったのである。

そうして迎えた朝。

そろそろ三右衛門が、昨夜聞き覚えた流行歌《はやりうた》など口ずさみながら戻って来るのではないかと思いつつ、原口鉄太郎の給仕で朝餉をとっていると、

「申し上げます。深川《ふかがわ》の料理屋から遣いの者が参っております」

高宮松之丞が、鷹之介に注進をした。

「深川の料理屋……？」

鷹之介は眉をひそめた。

「三殿がどうかしたか」

「料理屋の払いが足りぬので、取りに行くようにと申し付けられたと」

「ふふ、そのようなこともあるかと思うたが、三殿は一緒ではないのか。付けが利かぬとなれば、払えぬ客に付いて取りに行く、〝付馬《つけうま》〟という者がおるというではないか」

「これはお詳しゅうござりまするな」

「他ならぬ三殿に教えてもろうたのだ」

「なるほど、左様でござりまするか」

「三殿は何をしているのじゃ？」

「それが、遣いの者が申すところでは、すっかりと酔い潰れて起き上がれぬとか」

「あの飲んだくれが、酔い潰れて起き上がれぬだと？」

遣いの者というのは、正しく店に頼まれた付馬の男であったが、三右衛門からは、

「四の五の言わずにお前一人で行ってこい！」

と叱られて、仕方なくここまで来たが、さすがに直参旗本の長屋門付きの屋敷を訪ねるには恐れがあったようで、

「あの、その、何でございますねえ。まだまだお暑うございますねえ。いえ、わっしはその怪しい者じゃあござんせんので。へい、もしも手違いがあったなら、お許しくださいまし。長い物でばっさりなんてえのは、どうかご勘弁願います……」

揉み手をしながら、番をしていた平助に告げたという。

「何でもいいから、早く用を言わねえかい」

苛々として平助が問い返したところ、水軒三右衛門が昨夕店にやって来て、酒肴《しゅこう》

の注文をした後、女芸者の春太郎を呼んでくれと頼んだ。

春太郎は売れっ子ゆえに、今言ってすぐに来られるかわからないと店の主が伝えると、

「手すきの折に、顔を出してくれたらよいのじゃよ」

三右衛門は、主にそのように言って何やら耳打ちしたのだという。

三右衛門は、この時既に春太郎の住まいや、日頃の立ち廻り先を把握していたのであろう。

その上で、客となって酒を交わし、心と体をほぐした上で、話をせんとしたのに違いない。

果して、売れっ子の春太郎は、それからすぐに三右衛門の座敷に現れた。

三右衛門の店の主への〝耳打ち〟が利いたようだ。

そこから二人で、やったりとったりが、三味線を交じえて始まったのだが、しばらくしてから、店の女中に加えて幇間《ほうかん》が座敷に呼ばれて、

「姐さんとあれこれ話をするうちに、何か二人で勝負をしようということになってな。何が好いとなれば、ここはやはり飲み比べだ。皆には立合人になってもらおう

か」

と、いうことになった。

春太郎は、うわばみで通っている。これは大変だと周りの皆は思ったのだが、

「お二人ともそれは見事な飲みっぷりでございまして……」

付馬の男が感心するほどに勝負は白熱したのだが、

「もう何升飲んだかわからなくなってきた頃に、三殿が大杯をぐっと干して……、その途端にばったりと」

相討ちに倒れたのだという。

そうして、三右衛門と春太郎はそのまま座敷で動けなくなり朝を迎えたというわけだ。

「なるほど……」

松之丞からあらましを聞いて鷹之介は目を丸くして頷いた。

その頃には、松岡大八もやって来て、

「三右衛門があれこれ聞き出そうとしたが、春太郎は、はっきりと応えぬ。そのうちに、飲み比べをして負けたら打ち明ける、などと話がまとまったのかもしれませ

ぬな」

その様子が目に浮かぶようだと笑った。

「しかし、三殿はかなりの呑兵衛だというに、春太郎という女も大したものだな」

鷹之介は、それが信じられなかった。

「多い時は、二升、三升飲みましたかのう」

三右衛門は、日頃そう言っている。それに負けぬとは、余ほどのうわばみではないか。

「大したものかもしれませぬが、相討ちに倒れようがどうしようが、その飲み代を払わねばならぬのは、こちらでござりまするからな。困ったものにござりまする」

松之丞は嘆いた。

「御公儀から編纂所の掛かりの金子を頂戴しているゆえ飲み代のことはよいが、三殿が春太郎をいかにして呼び寄せたか。それが気になるな。とにかく、迎えにいくか」

鷹之介は、馬に乗ることは控えたが、原口鉄太郎、平助を供に、凛《りん》とした姿で付馬に案内させ、深川へと向かった。

武芸帖編纂所の者が、金を払えずにいるのである。店への面目のためにも、水軒三右衛門が、その辺りにいる剣客崩れの破落戸《ごろつき》ではないことをきっちり伝えておかねばならぬと思ったのだ。

大八は、三右衛門をからかいがてら、自分もついていこうとしたが、

「大殿には、編纂方として留守を務めてもらいたい」

と、命じた。

「う〜む……」

何かというと唸るのが癖の松之丞は、僅かな間に、一組の長としての風格が出て来た若殿に目を細めていた。

既に、三右衛門に言われて恐る恐る訪ねて来た付馬の男は、

――どうせ旗本といったって、屋根が傾きかけたお化け屋敷に住んでるような、御家人に毛が生えたってところじゃあねえのか。こいつはかえってひでえめに遭わされるんじゃあねえだろうな。

などと思っていただけに、畏れ入ってしまって、

「へ、へへエーッ。おありがとうございます……！」

身を震わせながら鷹之介一行を案内したのであった。

三

料理屋は、永代寺《えいたいじ》門前にある〝ちょうきち〟という店であった。

それほど構えは大きくないが、二階の窓からは堀を隔てて永代寺の景勝が目に入り、この座敷で、踊り妓に芸を披露させ酒食を楽しむ客は多かった。

三右衛門は柳生新陰流の宴席で二度ほど来たことがあり、店の主もそれを覚えていたので、すんなりと座敷に上がったのだが、

「水軒先生とは、お久しぶりでございましたし、実のところ、本当にお殿様のようなお方がお見えになるとは、思いもかけぬことでございました。これは御無礼をいたしました。お許しくださいませ」

鷹之介が顔を見せると、主もまた畏れ入って、三右衛門と春太郎が枕を並べて討ち死にしているという座敷へ案内したものだ。

座敷の窓は開け放たれていたが、何とも部屋は酒臭く、

「酒樽をひっくり返したようだな」

鷹之介を苦笑させた。

「これは、御足労をおかけいたし、面目次第もございませぬ……」

水軒三右衛門は、さすがにもう起きていて頭をさすりつつ、がぶがぶと水を飲んでいたが、鷹之介の来着に大喜びをして、姿勢を正した。

窓際の端には春太郎がいて、同じく水を飲んでいたが、

「これはお殿様でございますか。春太郎と申します。この度は申し訳ございません。随分と飲ませていただきました……」

緩めた帯を気遣いながら頭を下げた。

三右衛門から話は聞いていたが、これほどに若く凜々しい殿様が来るとは思わなかったという風情が、とろんとしたその顔に表われていた。

鷹之介は、次第におかしくなってきた。

謎の女から、富澤秋之助との関りを訊き出そうとして、酒に倒れるという三右衛門と、どこまでも酒が強い春太郎の対決は、あまりにも滑稽であった。

大八が予想した通り、三右衛門があれこれ問うのに、

「飲み比べに負けたら、何もかも話しましょうよ」

などと切り返した顚末《てんまつ》のようであった。

「して、勝負は痛み分けというところかな」

鷹之介はにこやかに言った。

「痛み分け？　ふふふ、はい。そんなところでございます」

春太郎が鷹之助に頰笑みかけた。

「いや、某《それがし》の負けでござるよ」

傍らで三右衛門がニヤリと笑った。

「まず、勝ち負けはどうでもよい。これほどの飲み比べを見たのは初めてだと、店では評判を取ったようじゃ。ここまで飲んだなら、いっそ迎え酒で締め括ったらどうかな」

鷹之介もニヤリと笑った。

「迎え酒、大いに結構でござる。さりながら、もうその姐さんと飲むのはこりごりでござる。この三右衛門は、他所《よそ》の座敷でいただくとしましょう。姐さん、こちらのお殿様のお相手をよろしゅう頼む」

三右衛門はこのように切り返した。

結局、これといって話は聞き出せなかったが、ここまで飲んだのだ。この後は、涼やかな殿御の出番であると、三右衛門は無言の内に告げている。

その想いは伝わったが、鷹之介は依然として、芸者の類いは苦手である。

「姐さんと二人で？　身共はそれほど酒が飲めぬぞ」

つい真面目に困った顔を見せてしまう。

三右衛門は、そんな初心《うぶ》な鷹之介に春太郎は心を開くであろうと見込んでいた。

「あれだけ飲ませてもらった三様に言われちゃあ、わっちもお相手しないわけにも参りませんよ。お殿様、こんな酒臭い女でよろしゅうございましたら、お酌をさせてくださいまし。ただ、顔も着物もこのままじゃあみっともないので、小半刻ばかり待ってやってくださいませんか……」

春太郎は、三右衛門が思った通り、ぽっと顔を赤らめると、上目《うわめ》遣いに鷹之介を見てしなを作った。

まだまだ昨日の酒が残っていて、〝うわばみの春太郎〟を、いつも以上に妖しくさせていた。

四

小半刻の後。

こざっぱりとした六畳間に移った新宮鷹之介の前に、お色直しにしゃきっとした、別人のような春太郎が現れた。

「これはお待たせいたしました。三様は機嫌よく？」

「ああ、下の部屋で、家来達と楽しゅうしているよ」

たまにはよいだろうと、鉄太郎、平助に三右衛門の相手をさせて飲ませてやったので、下の座敷からは賑やかな声が聞こえていた。

鷹之介は、春太郎と二人の宴席に緊張が拭えず、つい今しがたまで、店の女中の酌で二、三杯酒を体に流し込んでいた。

「まずは一献……」

春太郎は、塗りの銚子の柄を取って、鷹之介の盃を充《み》たした。

鷹之介は、白く細長い春太郎の指を見つめて、そこに彼女の〝心得〟を感じた。

口では言い表わせないのだが、武芸を修める者の手先の動きが、春太郎には備っているような気がしたのだ。

たとえば舞の名手の足捌き、扇の扱い、間の取り方などは武芸に通じるものがある。

それは鷹之介の剣の師・桃井春蔵直一の言葉であった。

何気なく聞いていたが、歌舞音曲《かぶおんぎょく》にはほとんど触れたことのない身には、芸を売りにする女芸者の指を間近でつくづく眺めるのはこれが初めてで、その意味が、おぼろげながらもわかった。春太郎の動作のひとつひとつが、

――どうも油断がならぬ。

のである。

鷹之介は盃を干すと、春太郎に注いでやりながら、

「そなたは、売れっ子で、そう容易く己が席に呼ばれぬと聞いたが。何ゆえ、すぐに水軒三右衛門の宴席に参ったのじゃ」

にこやかに問うた。

「ちょうど体が空いていたんですよ」

「そりゃあ、わっちも暇な時だって、ありますよ」

「そうなのかな」

春太郎は嘯《うそぶ》いたが、

「この店の主を通じて、富澤秋之助の存じ寄りの者だと聞いたのか」

鷹之介は、ずばりと言った。

春太郎は、小さく笑って、

「どうせ後でわかることでございましたね。はい。確かにそんな風に……」

三右衛門は、〝ちょうきち〟の主に、

「富澤秋之助という武芸者がいて、そ奴から春太郎という気風《きっぷ》のよい芸者がいると聞いたのだが呼んでくれぬかな」

と、言ったらしい。

主とは元より顔見知りであるから、春太郎も三右衛門が怪しい男ではないと思い、座敷に出てみたのだという。

「そうすると、あの三様ときたら、お前が富澤殿の墓参りをしているのを見かけたのだと」

「左様か……」

「表向きは、やくざ者の五助の墓参りで、五助がここでも迷惑をかけているのではないかと言って、他の墓にも花を手向けてごまかしたのであろう、なんて言われましてね」

「それで、そなたとはどのような間柄であったのかと訊ねたのだな」

「はい」

「三右衛門の言うことに誤りはなかろう」

「確かにその通りで。でも、わっちは捻《ひね》くれ者でございましてね。〝はい、左様でございます、実はこれこれこういうわけがございまして〟などとは言わない女なのでございますよ」

「ははは、それは水軒三右衛門と似ている」

「やはり左様で」

「似た者同士が酒を飲んで、言え、言わぬとやり合ううちに飲み比べとなったわけだな」

「楽しゅうございました。あのお人は、腕づくで物を言わせてやろうとはしなかった……」

春太郎は、晴れ晴れとした顔で言った。

「その楽しさに免じて、話してはくれぬかな」

鷹之介は、武芸帖編纂所なる役所が出来て、そこで、角野流手裏剣術についてを書き記すために動いていること、そのうちに思わぬ黒雲が、相伝者にして今は亡き富澤秋之助に取り巻いていると知ったことなどを丁寧に説いた。

春太郎は、三右衛門からあらましだけは聞いていたが、今こうして頭取である鷹之介から事を分けて説かれると、気風のよさを売り物にするその目が、しっとりと潤んできて、

「角野流が、その武芸帖とやらに書き入れてもらえますので……。そいつはほんによろしゅうございました」

と、感じ入り、

「元より、飲み比べに勝ったとて、お話しするつもりでございました。わっちは、いいえ、わたくしは、富澤秋之助の娘でございます」

しおらしく手をついて打ち明けた。

言った。

「左様か。色々とあったのだな」

やや高く角張った春太郎の肩が泣いているのを眺めつつ、鷹之介は労《いたわ》るように

少し前なら、一流の相伝者の娘が芸者であったと知れたなら、さぞかし目を丸く

したであろうが、今の彼には、それに思い至る感性が備っていた。

「はい。色々とあったのでございますよ。三様もお殿様も、取るに足らぬ女を相手

に、心を尽くしてくださいました。そのお気持ちにお応えして、何もかも、お話し

いたします」

春太郎は再びくだけた物言いとなった。その分、情が湧き出てくる。

「まったく、しがない恋の成りゆきでございます……」

五

春太郎の母親は、おゆうという吉原《よしわら》の三味線芸者であった。吉原では遊女が歌や

舞を座敷で見せたが、芸の備っていない者もいる。それゆえ三味線に長じた女芸者

が求められるようになったのだ。

おゆうは三味線の腕もよく、方々で贔屓《ひいき》にされたが、盛り場では揉めごとも起こる。わけがわからぬままに巻き込まれる時もあった。

そんな時に、身を守ってくれたのが、当時は妓楼《ぎろう》の用心棒を務めていた富澤秋之助で、おゆうはすらりとして涼しげな秋之助に魅かれて、二人はたちまち恋に落ちた。

秋之助は、いつか己が流派を創設せんと、盛り場の用心棒などもこなしながら、諸流を学んでいた。

おゆうは、そんな秋之助に惚れ抜いて、

「用心棒などで、お名前を汚しちゃあいけませんよ」

と、どこまでも貢《みつ》いだのである。

やがて、おゆうは身籠《みごも》って吉原から深川へと移った。体の変調が目立つ間は仕事が出来ず苦労をしたが、無事娘を生むと、子供の世話をしつつ再び三味線で稼いだ。

その子が〝春〟と名付けられ、後に深川辰巳で芸者・春太郎として売れっ子になっていくのだが、おゆうはというと、

「いつか、表舞台に立つお武家様に、芸者との間に子がいるなんて、秋様の出世の妨げとなりましょう」

そう言って、人知れずひっそりと春を育てた。

秋之助は、何憚《はばか》ることのない我が娘だと言ったが、

「あたしは、秋様が世に出るのが楽しみで生きているのですよ。いつだってこの子と共に身を引く覚悟はできておりますよ」

と言って譲らなかった。

秋之助は、そんなおゆうと春に不憫を覚えて、どこまでもこの母子を裏切らず、そっと訪ねては、春に手裏剣の打ち方を教えたりしてかわいがったという。

「まったく、馬鹿な女と、甲斐性《かいしょう》無しの男の、どうしようもない暮らしに、娘のわっちは付合わされてしまったたってところですよ」

いつでも身を引くと言ったおゆうだが、身を引けるほど、秋之助が世に出ることはなかった。

「喜んでくれ。おれは、角野流という手裏剣術の道統を継ぐべき身となったぞ!」

ある日、秋之助は興奮気味におゆうに語り、おゆうもまた大喜びしたのだが、角

野流などまったく流行らず、これもぬか喜びに終った。

誠実な秋之助に惹かれて弟子になる者もいたが、どこへ行っても、

「上遠野《かどの》流を修められているようで」

と、まず言われる。

「いや、角野流です」

と言うのも次第に億劫《おっくう》になり、

「それならいっそ上遠野流に習うか」

そんな気になって、やめる者が多かった。

そもそも、習った流派の、名が通っていないのも寂しい話で、〝かどの〟といえば、仙台伊達《せんだいだて》家中にあって広くその名を知られる上遠野伊豆守《いずのかみ》の印象が強過ぎる。

いっそ、流儀名だけでも〝すみの〟とか、〝かくの〟などに読み方を変えればよいものを、秋之助はそれを望まず、

「角野源兵衛先生に申し訳が立たぬ」

頑《かたくな》にその読み方を守ったので、尚さら弟子が離れていったという。

「ましてや、鉄串とか火箸とか包丁とか、そんな物を投げたって、恰好がつきませ

んからねえ」

そのうちに、おゆうが病に倒れて、あっけなくこの世を去った。

春は、母親の借金も背負っていたから、そのまま跡を継ぐ形で、春太郎という名の芸者になった。

幸いというべきか、母親に仕込まれた三味線の腕は、女芸者の中でも群を抜いていたから、たちまち売れっ子となった。

だが、春太郎は、いつまでも芽が出ず、母に負担ばかりをかけてきた富澤秋之助を心の底では憎むようになっていた。

秋之助とて、おゆうが死んだ後、春に貢いでもらうつもりはなく、二人の間は今までよりも疎遠になっていったが、

「お前の母親は、この父が殺したようなものだ」

秋之助は、時折そっと春を訪ね、

「何か困ったことはないか。あれば何でも言っておくれ」

せめてもの罪滅ぼしにと、娘に声をかけ続けたという。

「不甲斐ない父親だと恨んでみても、わっちにはやさしいお人だったたし、何といっ

ても、血を分けた父娘でございますからねえ」

春太郎も、邪険には出来なかった。三度に一度は、父親に無理矢理小遣い銭を握らせて別れたのであった。

今は、売れっ子になっている春太郎に、おかしな噂が立たぬよう、秋之助はどこまでも父娘であることを隠し続けた。

「それが、四月ほど前、お父っさんは、わっちに四十両のお金を届けに来ましてねえ」

「四十両。それは大金だな」

鷹之介は身を乗り出した。

「どこで得た金か、話したのか」

「いえ、はっきりとは……」

春太郎は頭を振った。

「さるお大名の指南役となるので、その仕度金なのだとは言っていましたが」

「左様か……」

鷹之介は思い入れをした。無名の手裏剣術の師範に、四十両の支度金を出す大名はまずあるまい。春太郎とてそれはわかっていた。

「わっちは、いらないと言って返そうとしたのですがねえ。〝一度くらい、父親として好い恰好をさせてくれ〟なんて、妙に思い詰めた顔をしたものですから、もらってあげるのも親孝行だと、考え直したのでございます」

春太郎がそれを受け取ると、秋之助は少し咳込んでから、

「やっとお前に親らしいことができた。この金で身軽になって幸せな暮らしを送ってくれたら言うことはない。後は品川台町の墓所へ入って、ゆっくり眠るだけだ」

そんな気弱な台詞《せりふ》を吐いて、楽しそうに笑ったという。

春太郎は、胸騒ぎにかられながらも、今まで自分を慈《いつく》しんでくれた秋之助の情を思い、

「お父《と》っさん、ありがとう……」

しみじみと父娘の一時を過ごしたのであった。

それから春太郎は、言われた通りに、母、おゆうの時からの借金を返し、自前の芸者となった。

それでもまだ、秋之助がくれた金は残ったので、そのうち小商いでもして、流行

らぬ角野流にこだわる秋之助を支えてやろうかと、父への想いをふくらませたのだが、その日を境に秋之助が春太郎の前に現れることはなかった。

春太郎は不安が募った。そっと麻布の道場を窺ってみても、秋之助の姿はなく、

「まさかそんなはずはない」

と思いつつ、念のために品川台町の墓所へ行ってみると、そこに富澤秋之助の墓があった。

「お父っさん……」

勝気な春太郎も、その時は墓の前で涙にくれたという。気持ちが収まると、いったい誰が葬ってくれたのか——。

それが気になったが、尋ね回るのも、何やら厄介を孕《はら》んでいるような気がして、今は様子を見ようと、とりあえず密かに月参りだけをしていたのだという。

「左様か……」

話を聞くと、あの品川台町の寂れた墓所が思い出され、鷹之介の目頭を熱くした。

——こういうお人が、本当の若殿様なのだ。

深川で、数々のくだらぬ武士達を見てきた春太郎の目に、鷹之介の真っ直ぐな想

いは荒地に咲く白い花のように映った。

しかし、苦労をして生きてきた者は、それを素直に美しいと称えられぬ心の曲がりがある。

父親も同じ武士であり、武芸を修めるためにひたすら生きたというのに、この若い武士に憐憫《れんびん》の情をかけられているのが、

——お天道様も薄情なもんだ。

そんな想いをかきたてる。

そして、己が心の曲がりが嫌になる。

——さっさとお暇《いとま》しよう。

心は千々《ちぢ》に乱れたが、父親の話をしたら胸の支えが少しは取れた。

「まず、わっちがお墓を参っていたのは、そんな理由でございます」

春太郎は、一人の芸者として、鷹之介の前で改まった。

「よくぞ話してくれたな」

鷹之介の言葉はどこまでも温かく、春太郎を見る目も、その美しい輝きを保ったままだ。春太郎にはそれがまぶし過ぎる。

「いつか落ち着きましたら、そっとお父っさんを葬ってくださったというお人の許へ、お礼を申し上げにいくつもりでございます。それまではどうか、よしなにお伝えくださいまし」

「うむ。そのことはわかったが、角野流については何と記そう」

「何と記す？　芸者風情に武芸帖のことなど何もわかりませんよう」

「富澤氏から、相伝された物は何もないのか」

「ございません。富澤秋之助によって滅んだ、てことにして下さればよろしゅうございます」

春太郎は俯《うつむ》いたまま応えた。鷹之介はしばし春太郎の物腰、指先を見つめていたが、

「委細承知いたした。いや、そなたに何か秘伝のひとつも授けてはおらぬかと思うたのだが……」

やがて頬笑みを返した。

「ただ、富澤氏の死と、そなたに遺した四十両がちと気になる。くれぐれも用心をいたせ。そうして、何か変わったことがあれば、今は赤坂丹後坂の新宮屋敷内にあ

る、武芸帖編纂所に訪ねて参れ」

そしてそのように伝え置くと、

「疲れたであろう。すぐに家へ戻り休むがよいぞ」

日の高いうちから飲んでもいられず、鷹之介は立ち上がった。

「見送り無用」

言うや鷹之介は、懐にしまってあった棒手裏剣を打った。それは、畏まる春太郎の指先三寸のところに突き立った。

「これはお戯《たわむ》れを……」

春太郎は顔色ひとつ変えない。

「さすがは富澤秋之助の娘じゃ。手裏剣に慣れているかして、身じろぎもせぬ。また月参りをしてさしあげるがよい」

鷹之介は、そのまま階下の三右衛門達がいる座敷へと降りた。

「ふん、爽やか過ぎる男だと思ったら、しっかりわっちを試しやがった……」

春太郎は、目の前に突き立った棒手裏剣を眺めながら、吐き捨てるように言ったが、その表情は小娘のように華やいでいた。

六

「わざわざお出ましくださらずとも、あっしの方から出向きましたのに」

儀兵衛は恐縮しながら言った。

四谷伝馬町の儀兵衛の住まいである甘酒屋に、水軒三右衛門が訪ねて来たのである。

「いやいや、物を頼んだのはこっちの方であるからな」

「奥で一杯やりますかい」

「ありがたいが、二日前に飲んだ酒が未だに残っていてな。甘酒をいただくよ」

三右衛門はそう言うと、表の床几の隅に座った。

「左様でございますかい。旦那も相変わらずのようで安心いたしやした」

儀兵衛は、女房のおきぬに甘酒を持ってこさせると、

「望月様に絡む話ですがね、大変なことがあったようですぜ」

声を潜めた。

「へい。三月ほど前に、札差《ふださし》の大渕《おおぶち》屋の旦那が、船遊びの中《ちゅう》にころりと死んじまったって話はお聞きになりやしたか」

「ああ、そんな話を誰かがしていた。大渕屋は大層評判が悪いようだな」

「へい、それはもう……」

札差は、浅草蔵前《あさくさくらまえ》に店を構えて、幕府から旗本・御家人に下される米の仲介をする商人である。

蔵米の受け取り、運搬、換金などは煩雑な作業であり、これを手数料を取って代行する者が現れ、札差へと発展したのだが、中には阿漕《あこぎ》な商売をする者も見受けられた。

旗本・御家人の中には、俸禄米を担保に札差から金を借りる者も多い。

これに目を付け、公儀が定めた金利に止《とど》まらず、奥引金などといって、金がないので貸せないが、他の金主を探してやろうと架空の名義を作り、高利で金を貸して暴利を貪《むさぼ》る。

また、蔵役人と組んで、百姓が運んできた年貢米に屑《くず》が混入していると難癖を付

「大変なこと……？」

け、その追徴米を懐に入れる札差などもいた。

旗本、御家人の俸禄米で商売をしているというのに、武士を侮り手代に対応させ、居留守を使い、遊興に耽《ふけ》る。

このような札差も珍しくはなかった。

大渕屋の主、実右衛門《さねえもん》はその筆頭で、泣かされた武士、町人は数多《あまた》いた。

それゆえ、実右衛門が船遊びの最中に船着き場でいきなり倒れ、頓死《とんし》したという噂が流れた時は、

「天罰が下ったのだ」

江戸中の者が溜飲《りゅういん》を下げたという。

「望月修理は、大渕屋と絡んでいたのか」

「へい、どうやら大渕屋の用心棒を請け負っていたようで」

旗本、御家人にも性質の悪い者はいる。借金がかさみ、札差から相手にされなくなると、腕の立つ武士を差し向けて、強請《ゆす》りを働いた。

蔵宿師《くらやどし》という、強請りを請け負う者が現れ、これに対抗する対談方《たいだんかた》というのも出現した。

金の動くところには、色んな者が匂いを嗅ぎつけてやって来るものだ。

大渕屋実右衛門は、この対談方を望月修理に頼んだのだ。

望月家には、武芸者を名乗る食客が何人もいる。さらに五千石の家格が物を言い、旗本、御家人は、望月家から脅されると、僅かな小遣い銭をもらって引っ込んでしまうのである。

「そうか、読めたぞ。大渕屋は何者かに殺されたのだな」

三右衛門は、甘酒を啜りながらニヤリと笑った。

「へい。あっしはそのように見ています」

浅草今戸《いまど》の船着き場が騒然とし、何人もの武士が血相を変えて駆けていった後、実右衛門はすぐに船に乗せられて、蔵前へと運ばれていったというが、実右衛門の首筋に赤いものを見た者がいるらしい。

その後、大渕屋は跡取りの房之助《ふさのすけ》が、実右衛門の死を心の臓の発作として届け出て、これは受理された。

房之助は父親と違って、心やさしくて実直な男で通っている。この一件でことを荒立てたくはなかったようだ。

驚くほどに、実右衛門の死について、役人達は無関心を装った。旗本、御家人の大渕屋への怨嗟《えんさ》が余ほど耳に届いていて、実右衛門は殺されるべくして殺されたのだと、役人達もほっとしたのであろう。

「ならば殺した者は、大手柄じゃのう」

三右衛門は、嬉しそうに言った。

「まったくで。江戸の男伊達《おとこだて》の親分が、生かしちゃあおけねえと動きなすったんでしょうねえ」

「だが、黙っておられぬのが、望月修理か」

「用心棒の面目を潰されたわけですからねえ」

息子の房之助は、望月家と縁を切り、他の札差も望月家の威光を何とも思わなくなってきた。下手をすると、この一件が因で、望月家に目付からの取調べが及ぶかもしれぬ。

実右衛門亡き今は、鼻薬をかがされていた幕府の重役達も、いつ望月家を見限るかもしれないのである。

「望月修理にすれば、八つ裂きにしてやりたい相手というわけだな」

「仰る通りで……」

このところは業を煮やし、出入りの御用聞きに何やら頼みごとをしているらしい。

三右衛門は、甘酒で力を得たのか、声に張りが出てきた。

「いやいや、おもしろい話を聞かせてもろうた。さすがは儀兵衛親分じゃ。頼まれついでにもうひとつ」

「何でしょう」

「この話は一旦忘れてくれ」

三右衛門は、にこやかに告げると、儀兵衛の手に礼の小粒をいくつか握らせた。

七

その日のうちに、水軒三右衛門は品川台町に出向いて、中田軍幹こと中田郡兵衛を連れて新宮屋敷へと戻った。

望月修理の手が及ぶかもしれぬとの用心であった。

新宮鷹之介は、松岡大八、高宮松之丞を自室へ呼び、三右衛門、郡兵衛と共に、富澤秋之助の秘事について語り合った。

三右衛門が甘酒屋の儀兵衛から仕入れた話を元に推測すると、秋之助は、何者かに頼まれて、大渕屋実右衛門を殺害したのに違いないと五人の想いは一致した。

「あの日、訊ねぬままになっていたが、富澤氏がおぬしの家を訪ねてきた折、どのような姿であった」

三右衛門が、改めて郡兵衛に問うた。

「あの日は、短刀を帯びただけのお姿でございました。見た目には、学者や蘭法医というような……」

郡兵衛は応えてから大きく頷いた。

そのような太刀も帯びぬ姿なら、警固の武士達も油断しよう。巧みに船着き場に近付いて、よき間合から首筋めがけて手裏剣を打つ。そうして、実右衛門を暗殺したのだ。

秋之助は騒ぎの中、人に紛れて逃げ去ろうとしたが、望月家の食客の中に、それを素早く見破った武芸者、剣客の類いがいて、秋之助を追い一太刀入れた。

しかし、秋之助は手負いとなりながらも手裏剣を打ち、敵の追撃を振り切ったのであろう。

鷹之介は神妙な面持ちとなり、

「望月家の食客の中には、武芸者をよく知る者がいて、〝あれだけの手裏剣の技を持つ者は富澤秋之助しかおらぬ〟などということになり、麻布の道場に手を回したのだな」

と、さらに推測した。

道場を押さえれば、そこから秋之助の立廻り先や、あらゆる情報が摑めると思ったのであろうが、今は門人もなく、秋之助について詳しく知っている者もいなかった。

それでも、秋之助に深傷を負わせている。遠くへは逃げられまい。どこかに潜んでいるに違いない。

角野道場にも番を置き、方々探ってみたが秋之助は見つからない。一月《ひとつき》後に死んでいて、そっと葬られ、寂れた墓所で眠っているとは思いもしなかったのだ。

「さりながら、そのうちこれも知れるでしょうな。己が手の者だけを使って、人知れず富澤秋之助を捕え、実右衛門殺しを誰が頼んだか吐かせた上で始末する……。

そのように企んだもののうまくいかず、屋敷出入りの腕利きの御用聞きを使い始めたようで」

御用聞きなど使うと、どこから役人に伝わって綻《ほころ》びが出ないとも限らない。それを使うというのであるから、

「望月様には、余ほどの金子が、大渕屋から流れていたのでござりましょう」

松之丞が嘆息した。かくなる上は形振り構わず、自分達に楯ついた者を見つけ出して叩き潰してやろうというのであろう。

郡兵衛は身震いして、

「いずれにせよ、師範代でござる、などとふざけたことを言っていたわたしなんぞは、すぐに見つけ出されるでしょうねえ。ほんに、匿っていただきまして、ありがとうございます……」

一同に頭を下げ続けた。

「まず休まれよ」

松之丞は郡兵衛を客間に案内するよう鉄太郎に命じた。

大八は郡兵衛が下がると、目を見開いて、

「そうすると、春太郎という姐さんの身にも、危険は迫っているのではないのか」

と、三右衛門を見た。

「腕利きの御用聞きが動き出したとなれば、いくら隠していたとて、そのうち嗅ぎつけるであろう」

三右衛門は頷いた。

「すぐにこれへ呼んだ方がよいのではないか。おぬし、その姐さんの住処《すみか》を突き止めているのであろう」

「いかにも。それゆえ軍幹先生を訪ねる前にまず訪ねてみたのだが、春太郎はこのところ帰っておらぬそうな」

「深川を出たのか？」

「いや、座敷には出ているようだが、用心のために、ねぐらは転々と変えているらしい」

一同は感心した。

いつも変わらず座敷に出る大胆と、日々住処を変える細心。なかなかやるではないか――。

その辺りのことも、秋之助によって仕込まれたのであろうか。

「とはいうものの、あまりねぐらを変えられると、こちらも守ってやりようがないな」

大八が苦い顔をした。

「大八の言う通りだ。明日にでも深川へ出向いて、気をつけるように言ってやろう」

三右衛門が相槌を打った。

鷹之介は黙って話を聞いていたが、

「富澤秋之助は、何ゆえ大渕屋殺しを引き受けたのであろう」

呟くように言った。

「いくつも理由はありましょうな」

三右衛門が応えた。

「まず、大渕屋の悪業を予々苦々しく思っていた。そこに、昔用心棒稼業に身を置いていた時にちょっとした借りのある、香具師《やし》の元締などがいて、その男に腕を買われて頼まれた。引き受ければ大金が入ってくる。この身は余命いくばくもない。

せめてその金を何もしてやれなんだ娘に残してやりたい。そんなところでござりましょう」

「つまり、己が命の灯火が消えようとしていることを知り、自棄《やけ》になったというのか」

「まあ、そうとも言えまするな」

鷹之介が思いつめた表情を崩さぬので、三右衛門は首を竦めた。

「わからぬ。この鷹之介にはわからぬ。苦労に苦労を重ねて身につけた武芸を用いて、人を殺し金を受け取る。いかに余命いくばくもないと察し、我が子への想いが募れども、何よりも大切にしてきた武芸を、人殺しの罪で汚してよいものであろうか。それが角野流の極意だとでも言うのか」

鷹之介は大きな吐息と共に、やるせなさを吐き出した。

三右衛門の言うことはよくわかる。人間が情や憎しみに突き動かされるのは仕方がない。

ましてや、生まれながらに旗本である鷹之介には知りえぬ苦労が秋之助にはあり、死に望んでどんな形でもよいから、己が手裏剣術を使って、大事を成し遂げ娘のために財を得たいと考えたのは無理もなかろう。

だが、鷹之介には納得がいかなかった。世間知らずの若殿と言われようが、鷹之介は言わずにいられない激情に襲われたのだ。

一同は皆、口を噤んだ。

鷹之介の言葉は、余りにも真っ直ぐで失笑を覚えるほどのものであるが、武芸を尊ぶ者の心得は、こうでなくてはならないと考えさせられる。

武によって戦うのは、勝負であって、人殺しではない。そこに武士の意地や誇りがあるのではないか。

武芸帖編纂所は、ただ武芸諸流についての年譜や、いかなる技を修めるものかを列記するだけの役所であってよいのであろうか。

色んな感慨が、大人達の心を突きあげていた。

将軍家斉の思い付きで、出来た役所であったとしても、そこにはきっと家斉が思う武芸への讃が込められていたはずだ。

鷹之介はそれを大事にしたいのだ。

「頭取……」

三右衛門は威儀を改めた。

大八と松之丞もこれに倣う。

「今の仰せ、もっともなことと存ずる。頭取が角野流を思いやるゆえの空しさ、やり切れなさかとお見受けいたしました。さりながら、柳生新陰流に活人剣《かつじんけん》なるものこれあり。すなわち一人の悪人を殺すために用いることで、万人を救い〝活かす〟ための剣となる……」

三右衛門は、にこやかに頷いた。

鷹之介は、しばしの間じっと考えていたが、

「なるほど、活人剣か……」

やがてその表情に朱がさした。

「富澤秋之助は、確かに金をもらって人を殺したやもしれませぬが、ただ私利私欲のためだけに為したことではござりませぬ」

「左様じゃな……。いや、三殿の申される通りじゃ。角野流手裏剣術は、流行りはしなかったが、立派な武芸者の想いが籠っていた。ただそのように思うていたかったゆえの嘆きであった。若い者の戯《ざ》れ言《ごと》と、忘れてくだされ」

鷹之介は、頭を掻きつつ、しみじみと言った。

「いや、忘れませぬぞ」

大八が、思い入れをした。

「頭取の申されたこと、長年世を生き、すっかりと汚れてしもうた年寄の、新たな戒めといたしましょうぞ」

これには三右衛門も、笑って同意するしかない。

傍で見ている松之丞には、次第に武芸帖編纂所の形が出来あがっていくようで、それが何とも楽しかった。

「いやいや、何やら気恥ずかしい……」

鷹之介は、大いに照れて懐紙で額の汗を拭ったが、ふと思い立って、

「それはよいが、あの春太郎という女がますます気にかかる」

腕組みをした。

「明日にでも、無事かどうか探っておきましょう」

大八は、春太郎の身の危険に想いを馳せたが、

「身の危険もさることながら、あの春太郎、角野流手裏剣術の極意を、実は托《たく》され

ているのではないか、そのような気がする」

鷹之介はまた呟くように言った。三右衛門は我が意を得たりと、強く相槌を打ったのである。

八

翌日。

中田軍幹は、新宮屋敷の武芸場に出て、せっせと武芸帖の整理に努めた。

軍記物を得意とする彼にとっては、ここは資料の宝庫であるようだ。物書きらしく、鷹之介の指示に従い、手際よく帖面を整理して、匿ってもらった恩義に応えたのだ。

水軒三右衛門と松岡大八は深川へ出かけた。

春太郎は、富澤秋之助が遺してくれた金で自前となり、今は気儘な女芸者としての暮らしを送っている。それに加えて、先日の三右衛門との飲み比べによって、富澤秋之助の死を知らぬ危ない連中が、秋之助の姿を未だ求めて暗躍していると知ったので、近頃の春太郎は神出鬼没で、繋ぎの付け方が難しくなっているらしい。

飲み比べ以降は、

「まだ、あの時の酒が残っていましてねえ」

などと言って、座敷に出ていないようだ。

三右衛門と大八は、二手に別れ、時折合流して春太郎の行方を追っていたが、

「おぬしは本当に、春太郎を捜し出す気があるのか？」

方々で酒を飲みながら、春太郎の姿を求める三右衛門を見て、大八は詰るように
言ったものだ。

「ふふふ、大八、焦ることはない。あの姐さんの、いざという時の身の処し方、こ
れは並々ならぬものではないか」

「だが三右衛門。どこか遠くに逃げぬ限り、御用聞きの目からは、いつまでも逃が
れられぬぞ」

「さて、いざという時も、逃げ足の方は素早いのではなかろうかのう」

「気楽なことをぬかしよって……」

初老の武芸者二人はこんな様子で、春太郎探索がなかなか思うにまかせなかった

のだが、望月修理が調べを任せた御用聞きは、粛々《しゅくしゅく》と富澤秋之助についての調べを進めていて、その情報を、青山の望月邸に運び込んでいたのである。

「こんなことならば、初めから御用聞きに因果を含め、野に放つべきであったぞ」

望月修理は、その頃自邸の武芸場の見所にあって、忿懣《ふんまん》やる方ない様子で、稽古場の板間を見据えていた。

齢四十。権門《けんもん》の家に生まれたが、幕閣の役儀に就くことなくこれまできた。

それを本人は、

「おれは、武芸に身を入れ過ぎて、世に出る機会を失《うしの》うてしもうた」

などと言っているそうだが、それはただ修理の乱暴かつ傲慢《ごうまん》な気性が疎《うと》まれてのことであった。

五千石の知行《ちぎょう》取り。三河《みかわ》以来の家柄で、有力な徳川家臣団と血縁があるゆえ、大目には見るが、あくまでも寄合に封じておけばよかろうというのだ。

しかし、相手にされぬことが、修理にとっては、

「望月の家の威光には何も言えぬか」

と捉えられたようで、彼は武芸者道楽を次第に力にして、札差の争い事に食い込むようになっていた。

自身は、梶派一刀流《かじはいっとうりゅう》の皆伝《かいでん》を気取っているが、こんなものは飾りとしてくれたもので、いささかも剣技に造詣などなかった。

そしてこのような男だからこそ、取り入り易い。

今、目の前に控えている梶田成十郎《かじたしげじゅうろう》がそれである。

この男もまた梶派一刀流の遣い手で、心にもない追従《ついしょう》を言って、望月家の軍事顧問を買って出ているのである。

しかし、札差の対談方としては、その武勇が大いに役立ち、修理を喜ばせたものの、の、大渕屋を守り切れずに死なせてしまったのは、大きな失態であった。

その時、梶田は船着き場で警固に当たっていたが、太刀を帯びぬ学者風の男が、俄に手裏剣を打ってくるとは思いもかけなかった。

男が打ったのは三本の針のごとく細い棒手裏剣であったが、その内一本は大渕屋実右衛門の首筋に、あとの二本は胸に突き立っていた。

それでも梶田は、手裏剣を打ったと思しき男の影は見逃さなかった。

人ごみの中に紛れんとする襲撃者を追い、橋場町の川端で一太刀浴びせた。

しかし、相手は手傷もなんのその、逃げつつ梶田の足をめがけて手裏剣を打ち返した。

それは梶田の右足の甲に突き立ち、彼の足を止めた。

その後、男は姿を消した。恐らく橋場のいずれかの船着き場に泊めてあった逃走用の船で脱したのであろう。

梶田は無念を募らせたが、夜陰に相手の顔は認めていた。

――あれは富澤秋之助。

以前、吉原で用心棒をしていた折に、見かけた男と似ていた。その男は手裏剣の名手であったから、自分の足を傷つけた男が彼の者であるとしか考えられなかった。

「誰がやったとてどうでもよい！　大渕屋を殺した者を見つけ出して、誰の指図か吐かせた後、首を落せ……！」

面目を潰された望月修理は、怒りに半狂乱の体となり、梶田に命じたのだ。

梶田とて、剣客として真剣勝負の修羅場を何度も潜ってきたし、追いつ追われつの日々を送ったこともある。

しかし、自分自身が足に傷を負い、手下に探索の指示を出す、もどかしい日々が続き、敵と追う富澤秋之助の姿を捕えることが出来なかった。江戸の町は広く、人に溢れている。剣の腕は立っても、探索するのは骨が折れたのだ。

業を煮やした修理は、屋敷に出入りしている弥太吉《やたきち》という御用聞きに、きつく口止めをした上で、富澤秋之助の行方を求めさせたところ、すぐにその成果が出た。

「富澤秋之助は、既に死んでいるそうな」

修理は苦々しい顔で言った。

「死んでいる……」

梶田は、呆然として修理に向き直った。

「き奴めの墓があるという」

「何と……。ならば、この成十郎が与えた傷が因《もと》で……」

梶田は唸った。そうであれば、少しは面目が立つ。

「それはわからぬ。き奴めを葬ったという男は、昔馴染の戯作者だそうだが、それも我らの目を欺くために、死んだと見せかけているのかもしれぬ」

修理は秋之助の死を疑っていた。

「その戯作者なる者を捕えてみましょう」

「遅い！　その者は旅に出たという」

修理は梶田を叱責《しっせき》したが、不敵な笑みを浮かべて、

「だが、御用聞きの弥太吉がおもしろいことを摑んだようだ」

「その、おもしろいことをお聞かせくださりませ。きっと御役に立ってみせましょう」

梶田は、ここぞとばかり懇願した。

「それならば、ほどのう弥太吉が参ろう。あ奴から話を聞いて、よきにはからえ」

「ははッ！」

勇み立つ梶田成十郎であった。

やがて、青山界隈を縄張りとし、方々に乾分がいるという御用聞き、六天《ろくてん》の弥太吉が、望月屋敷の勝手門にやって来た。

梶田は門外に出て、向いの善光寺の塀の前で弥太吉と小半刻ばかり話をした後、再び屋敷内へと消えた。

弥太吉は、何事もなかったように、さっさと立ち去った。

だが、密偵や忍び働きをする連中にも、それなりに術比べというものがある。

弥太吉は、人をつけたら、人の因果を調べる術には長《た》けているが、防御の方は頼りないものであった。

御用聞きの防御とは、逆に自分が人に見張られて、つけ回されることへの警戒を忘れないことである。

そこに弥太吉の弱みがあった。

先ほどから弥太吉をつけていた、黒い影が善光寺の土塀の陰に潜んでいるのを知らぬままに、彼は梶田成十郎にあることを告げていたのである。

九

「殿、四谷伝馬町の儀兵衛なる者が、水軒先生を訪ねて参ったのでござりまするが……」

若党の原口鉄太郎が報せに来た時、新宮鷹之介は武芸場にいた。

夜になっても三右衛門と大八は戻らず、手持ち無沙汰ゆえ、型の稽古をしていたのだ。

「四谷伝馬町の儀兵衛……」

鷹之介はその名を三右衛門から聞いていた。

「すぐにこれへ通せ」

儀兵衛は剛胆な男であるが、武芸場に通され、殿様へ直に申し上げるとなって、いささか緊張の色を浮かべながら、鷹之介の前へ出て畏まった。

「話は水軒三右衛門から聞いておるぞ。色々と世話になり真に忝い」

鷹之介は、折目正しくまず礼を述べ、儀兵衛を恐縮させたが、

「お殿様、あっしなんかにお構いくださらずともようございます。一刻を争うことが出来《しゅったい》いたしましてございます」

儀兵衛は、我に返って変事を伝えた。

「水軒の旦那から頼まれていた、望月様のことでございますが、あれからまた気にかけておりましたら、青山を縄張りにしている、六天の弥太吉という御用聞きが動いておりまして……」

あの望月邸の勝手門前で、梶田成十郎に何やら伝えている弥太吉の様子を、善光寺の土塀の陰から探っていた黒い影――。

その正体こそが甘酒屋儀兵衛であった。

儀兵衛は、望月邸にどのような浪人が出入りしているかが気になって張っているうちに、弥太吉の姿を見かけたのである。

「して、その弥太吉は何を伝えたのだ」

鷹之介の緊張も俄に高まった。

「へい。春太郎という女芸者のことについてでございます」

「何と……」

鷹之介は、それから儀兵衛にあらましを聞くと、

「忝し！　皆は足手まといゆえ、ついてくるな！」

と、言い置いて、単身駆け出した。

「好いお殿様だ……」

儀兵衛はその姿を惚れ惚れとして見つめると、

「ご免くださいまし！」

啞然と見送る新宮家の家来達を尻目に、彼もまた駆け出した。

儀兵衛の話では、六天の弥太吉は、春太郎という女芸者が、富澤秋之助の娘であることを突き止め、今宵は木場《きば》のお大尽《だいじん》の屋敷に呼ばれているとの情報までも摑んでいたという。

木場となれば、道中狙い易いところはいくつもある。

春太郎は用心深く、身のこなしも父親譲りで並の女とは違う。そこは住みなれた深川のこと。上手く逃げられればよいが、お座敷衣裳では身動きもし辛いであろうし、梶田なる剣客もかなり気合を入れてことに当たるに違いない。

本当のところ、春太郎が父親の死にまつわる部分をどこまで知っているのかはわからぬが、捕えられれば酷《ひど》い拷問を受け、あれこれ問われるはずだ。

その最中に、命を落さぬとも限らない。

こちらも武芸帖編纂所として、まだ春太郎に訊きたいこともある。不良旗本の餌《え》食《じき》になどされては堪《たま》らない。

間の悪いことに、水軒三右衛門と松岡大八は出払っているが、ここは自分一人で、何としても春太郎を守ってやらねばならない。

いくら御用であろうと、馬で駆けつけ、市中を騒がせるわけにはいかない。

鷹之介は、道中駆けては町駕籠に乗り、身を整えてまた走る。これを繰り返して、木場を目指した。

三右衛門も大八も、あれこれ機微に通じ、勘の鋭さが身上である。

春太郎の動き、望月家の出方などを敏く捉えて、駆け付けてくれるやもしれぬ。

梶田は数人率いて、青山の屋敷をもう出たであろうが、深川への道のりを考えれば、それほど遅れをとってはいないはずだ。

誰かを救うために剣を揮《ふる》う。

先日は、浅草誓願寺裏の八兵衛長屋で、やくざ者二人を叩き伏せ、余勢をかって橋場で一暴れした。

あの爽快な心地が、鷹之介の胸を躍らせた。

——だが、此度の相手は違う。心してかからねばならぬ。

鏡心明智流において、何本かの指に入ると謳《うた》われた鷹之介は腕に覚えがある。

——我が修練の術を見よ！

武者震いを禁じ得なかったが、駆けつつ彼は考えた。

富澤秋之助が、金で殺しを引き受け角野流を汚したと、一瞬でも深刻に捉えた自分は、やはり世間知らずの〝お殿様〟であった。

自分とて鏡心明智流で修めた術を、今これから、春太郎を守るために使おうとしている。

それは己が役儀をまっとうする上でのことゆえ、何の問題もないのであろうが、禄を下される将軍家への忠義のために、人を斬るかもしれぬ。

しかもそれは、相手の善悪に拘《かかわ》らず、ただ主命にて人を殺すのだ。何ゆえに富澤秋之助を非難することが出来ようか。

秋之助が手にかけた男は、あらゆる悪事を裏で行い、金の力でのうのうと生きてきた。

その男に武をもって取り入り、武を金に換えていたのは望月修理である。彼こそが、純真な想いで武芸を習得する者を貶《おとし》めているのだ。

それに一泡吹かせてやろうと、手裏剣を打ち、悪の根源を仕留めてのけた秋之助は、男として立派ではないか。

鷹之介は、〝活人剣〟の意を、今はっきりと心に受け止めていた。

今日、春太郎は木場の宴席に呼ばれていて、恐らくは要橋《かなめばし》の辺りを通るのであろう。そこは、木場の堀に囲まれた一画にある寂しいところで、刺客を伏せるに恰好の場となろう。

三右衛門や大八ほどには詳しくないものの、そのくらいの知識は鷹之介にもある。

春太郎が、用心のために回り道をするかもしれぬが、暗闇の中、五感を研ぎ澄ませば、きっと、春太郎への襲撃があれば察知出来るはずだ。

鷹之介は深川に近付くと、駕籠を降り、ひたすら駆けた。

永代橋を渡り、仙台堀《せんだいぼり》沿いに東へ行くと、水郷に浮かぶ木場の風景が夜目に見えてきた。

そこには材木商の大店の大きな家屋が点在し、淡い灯が夢幻のごとく輝いている。

夜の美しさに慣れぬ鷹之介は、そこに魔界を見た。

要橋はもうそこである。

夜になれば、この辺りはすっかりと寂しくなる。

遠くの灯りが水面を僅かに照らし、ゆらめくだけの夜道が続いていた。

春太郎はどうしているのであろう。

もしや宴席はとっくに終り、無事に今宵のねぐらへ戻ったのか。それとも既に、望月の手の者に攫《さら》われてしまったのか。

あらゆる疑念が浮かんできたが、今は是非もない。堀端に聳《そび》える松の大樹の陰に忍んで、まず様子を窺った。

どれくらいたったであろうか、やがて橋の向こうにぼんやりと提灯の明かりが見えた。

提灯の主は芸者のようだ。

右手に長い箱を抱え、左手に提灯の柄を持っている。

――春太郎に違いない。

鷹之介は低く唸った。

長い箱は、三味線が入ったもののようだ。上方では三つに分けて運ぶが、江戸ではそのまま箱に入れて〝箱屋〟が持つ。

それを自分で小脇に抱えているのが春太郎らしい。

或いは、自分の身に危険が迫っているのを察して、箱屋に迷惑をかけぬようにとの心得なのかもしれぬが、鷹之介には箱屋の存在など知る由もない。それを春太郎の豪気と捉えていた。

——間に合《お》うた。

にこりとして、鷹之介は急ぎ要橋を渡り、事情を話して連れ帰ろうとしたのだが、橋の向こうでは材木置場の陰から突如現れた黒い影が、たちまち春太郎を囲んでいた。

十

「何だいお前達は……」

春太郎は、自分を取り囲む影達に、臆することなく言い放った。

「女、黙ってついてきてもらおうか」

黒い影の集団は、いずれも屈強そうな武士達が五人。中でも物腰の落ち着いた首領格の一人が進み出て脅すように告げた。

この首領格が、春太郎の父・富澤秋之助と、かつて用心棒稼業で顔を合わせたことがあった、梶田成十郎であることは言うまでもなかろう。

「女？　わっちには春太郎って名があるんだ。知っているんだろう」

「ああ、知っているさ。お前が、富澤秋之助という人殺しの娘であることもな」

「人殺し？　富澤秋之助が誰を殺したっていうんだい、言ってごらんな！」

大声で返されて、梶田はたじろいだ。大渕屋実右衛門を殺したのは、秋之助の仕業であったと確信しているものの、大渕屋ではこれを心の臓の発作による急死としているのだ。大きな声で言えることではなかった。

「黙れ……」

梶田は低く太い声で制した。

「黙ってついて来ぬのなら、痛い目に遭わすぞ」

梶田は、有無を言わさず襲いかかり、連れ去るべきであったと思い直し、つかつかと春太郎の傍へと近寄った。

その時であった。

覆面の手下の一角が崩れ、一人の武士が駆けつけた。

新宮鷹之介であった。

「春太郎を渡すことはできぬ」

鷹之介は落ち着き払って言った。

「お前様は……」

春太郎は、思わぬ助っ人の登場に、さすがに目を丸くしたが、鷹之介は〝何も言うな〟と頷きかけて、春太郎をじりじりと、堀端に立つ大樹へ誘い、二人でこれを背にした。

囲まれている不利を補おうとするものだが、春太郎は提灯の明かりを消すと、巧みに鷹之介と吸息《いき》を合わせた。

「おのれ何奴……」

凄む梶田に、

「今は互いに名乗らぬ方が身のためだ」

鷹之介は穏やかに応えた。

「互いに名乗らぬ方が身のためか。よかろう、こっちも誰か知らぬ方が斬り易いというものだ」

梶田は抜刀した。

三人がこれに倣った。

配下の一人は、今、鷹之介が春太郎の許に駆け付けた折、脾腹を打たれて、地に伏していた。

梶田は、鷹之介の腕を認め、注意深く、周囲に気を放った。他に敵はいないか、まず確かめんとしたのだ。

この辺り、梶田成十郎も修羅場を潜っていて、喧嘩慣れをしている。

だが、小姓組番として、将軍の身辺警護に日々暮らしてきた鷹之介にも、このような折にはどう切り抜けるか、体に刻みつけてきた心得がある。

梶田が、周囲に気をやる一瞬の隙をついて、左にいる敵の足許に、目にも止まらぬ早業で抜き打ちをかけた。

「うッ!」

暗闇に、呻き声が聞こえたかと思うと、臑《すね》を斬られた一人が、地面にのたうった。

攻める側は、倒れたこ奴が邪魔となり、左側から容易に斬り込めなくなる。

これで二人が戦闘不能となったが、倒れたのは、あの鷲鼻の伊勢崎と、団子鼻の西沢であったから、どうせ役に立つ二人ではない。

梶田は落ち着いていた。

「ほう、なかなかやる。こっちも斬り甲斐が出て参ったぞ」

梶田は、平青眼《ひらせいがん》から八双《はっそう》に構えを移し、残る二人も、脇構《わきがま》えと下段に体勢を改めた。

三人の腕はなかなかのようだ。

鷹之介は大きく息を吸い込んで、気持ちを落ち着けた。

「どうして、わっちを……」

春太郎の表情に当惑が浮かんでいた。この夜中に単身駆け付けて来て、自分を守らんとしているのは、直参旗本の殿様なのだ。

自分に角野流について、もっと聞きたいのかもしれないが、

――やっぱり、爽やか過ぎる男だよ。

角野流など、女芸者など、放っておいたとて大事あるまいに、おめでたい殿様だと、つくづく思えてくる。

だが、武芸帖編纂に命をかける若殿の一途な想いとやさしさは、春太郎の心を打つ。

「そなたを守るのが、今の身共の務めなのだ」

鷹之介はにこりと笑うと、

「富澤秋之助を付け狙うているのなら笑止なことよ。彼の御仁は、最早この世にはおらぬ」

梶田に言った。

不良旗本ではあっても、望月修理は名族の当主である。鷹之介とて、ことを荒立てたくはない。

「ふん、このおれが一太刀くれたゆえ、あるいはそうかもしれぬ。だが、いつの間にか墓があるとは、どうも解せぬ。本当に死んだのか、まず、その女に問うてみぬとな」

梶田は嘯いた。

「一太刀くれた？」

春太郎の目が吊り上がった。

愛憎入り交じる亡父であるが、富澤秋之助は、身を引かんとする母を思い、母娘の存在は人に語らなかったものの、死ぬまで妻帯もせず、おゆうと春に義理を立てた。

死に望んでは、何もしてやれなかった娘に金を残し、この身を自由にしてくれた。父との思い出というと、武芸の手ほどきをしてくれたことしかないが、それが秋之助の精一杯の愛情であったことはわかる。

亡父は、手負いでかつての弟子の家に逃げたと聞いたが、その傷はこの男が負わしたと知れば、自分にとって仇である。怒りが込みあげてきた。

「ふん、お前なんぞに後れをとるような、富澤秋之助ではないよう！」

春太郎は、思わず叫んでいた。

「ほう、やはり親父のことが気になるか……」

梶田は嘲笑《あざわら》うと、

「富澤秋之助……、手裏剣を打つしか能のない、く、くされ武芸者よ！」

けなしつつ三人で包囲を狭める。

鷹之介は苦戦を強いられた。縦横無尽に動けるならば、斬り伏せることも出来ようが、春太郎を守る不利があった。

しかし、驚いたことに、

「お殿様……、わっちは木に登りますよ……」

春太郎は鷹之介の心の内を読んでそっと囁くと、

「ごめんよ！」

一声残して、大樹の上に猿《ましら》のごとくよじ登った。

その刹那、鷹之介は右へ跳んでいた。そして敵の一人に激しく打ちかかり、たちまち峰打ちをこ奴の腹にめり込ませると、そのまま駆け、追う一人に振り向き様の一刀を脳天にくれた。

鮮やかな剣捌《さば》きであった。

「ふん、弱い奴らだねえ、お殿様！」

木の上から春太郎が、明るい声をかけた。

「お殿様だと？」

梶田成十郎は、一瞬たじろいだ。

この若侍の太刀捌きは生半可なものではない。

たとえば、御先手組の加役、火付盗賊改方の旗本かと、想いが巡ったのだ。

鷹之介は梶田の動揺を見て取って、かくなる上はと、

「公儀武芸帖編纂所頭取・新宮鷹之介である！　この者は、我らが役儀において預

かる。この上手出しいたさば容赦はせぬぞ！」

はっきりと名乗った。

梶田と立合ってみたいという剣士としての欲求は湧き上がったが、この相手は強そうだ。生きるか死ぬかの果し合いに挑むより、まず春太郎を助けるべきだと自重《ちょうじ》したのである。

宮仕えをしてきた新宮鷹之介にはその辺りの抑制が利く。

「武芸帖編纂所だと？」

まるで聞いたこともなかったが、鷹之介の品格に触れると、どこぞに新しい役所が出来たのかもしれぬと思われる。

しかし、それならば尚、こ奴を生かして帰せない。

相手は一人だ。まずこの若侍の息の根を止め、春太郎を攫ってしまえば、後腐れがないと、梶田は思った。

「それがどうした！」

梶田は猛然と、鷹之介に斬りかかった。

この相手には真剣勝負をするしかない――。

鷹之介は、半転して梶田の一刀をかわすと刀を構え直した。

「ええいッ!」

裂帛《れっぱく》の気合でかかりくる、梶田の次なる突き技を、鷹之介は下から撥《は》ね上げて、

「やあ!」

真向《まっこう》に斬り下げた。

慌ててその一刀を梶田が払う。

闇夜に、打ち合う刀が、花火のように光を散らした。

「おのれ!」

梶田は攻撃に転じ、渾身《こんしん》の力を込めてさらなる一刀を鷹之介に突き入れた。

鷹之介は飛び上がってこれをかわすと、上から強烈な一刀を、梶田の刀へ叩き落した。

「何と……」

梶田は呆然とした。

若者のしなやかで力強い技が、梶田を圧して、彼の太刀をその場に取り落させたのである。

梶田は素早く小刀を抜いたが、不利を悟り踵《きびす》を返して駆け出した——。

ところが、いくつかの煌《きら》めきが闇を切り裂いて梶田を襲い、彼をその場に転倒させた。

「見事じゃ！」

鷹之介が唸った。

木の上から春太郎が、隠し持った手裏剣を打ち、梶田の両足と、右の二の腕に命中させたのであった。

途端、春太郎は地上に降り立つと、梶田が取り落した太刀を拾いあげ、

「大口を叩きやがって、このくされ武芸者が！　これが角野流手裏剣術だよ！　思い知ったか！」

倒れている梶田成十郎の首筋を峰で打ち据えた。

梶田は堪らず昏倒《こんとう》した。

十一

「お殿様、ありがとうございました……」

春太郎は、手にした太刀を投げ捨てると、恥ずかしそうに言った。

「ははは、身共が助けるまでもなかったようだな」

鷹之介は、富澤秋之助が、勘もよく筋が好い春に、角野流手裏剣術を密かに教授していたことを今はっきりと悟った。

「とんでもないことでございますよ。お殿様が駆け付けてくださらなければ、わっちはこの馬鹿な奴らにとっ捕まって、どんな目に遭わされていたか知れません」

春太郎は、どこまでも殊勝であった。

すると、新たな人の気配がして、鷹之介と春太郎は再び身構えた。

春太郎の右手は、白いうなじにかかっていた。

「なるほど、髪飾りに手裏剣が隠れているのか」

新たな人の気配は、水軒三右衛門のものであった。

「見事な腕じゃな。姐さん……」

続いて松岡大八も出て来た。

鷹之介は春太郎と共に、目を丸くしたが、

「なんだ。二人共、見ていたのか？」

と、口を尖らせた。

「それなら、もっと早う出て来てくれればよかったものを」

「いやいや、頭取がまさか、あのくらいの連中に後れを取るとも思えませなんだし、その姐さんも、いざとなれば秘術を遣うのではないかと大八が……」

「言うてはおらぬ。三右衛門、おぬしが見物しようと申したのではないか」

大八が呆れ顔で言った。

「ははは……」

鷹之介は、二人のやり取りを聞いて、心地よく笑った。

本当に危機が迫った時は、助け舟を出そうとしていたのはわかっている。

三右衛門は、春太郎が富澤秋之助から極意を教え込まれているのではないかと見ていた。

それは鷹之介も薄々感じていたことだが、春太郎は包み隠さず、その腕のほどを披露してくれたのである。

「富澤春殿……」

鷹之介は春太郎をそう呼んだ。

春太郎は何と返事をしてよいやらわからずに、じっと鷹之介を見つめた。

「そなたはこの先も、気儘に三味線を弾いて暮らしていくつもりなのかな」

「はい……。わっちには、武芸者より女芸者が似合いでございますから」

「左様か、それならば邪魔はいたさぬ」

「何卒、よろしゅうお頼申します」

春太郎は、そっとしておこうという鷹之介の厚意を知り、満面に笑みを浮かべて頭を下げた。

「ひとつ訊ねるが、富澤秋之助先生が残された秘伝書などは本当に受け継いではおらぬのだな」

「そのような物は何ひとつもらっちゃあおりません。〝秘伝書などを認《したた》めたとて、武芸は直に稽古をつけてもらわぬと上達はしない〟。お父っさんはそれが口癖でございましたから」

「なるほど、その通りだな」

「そんなわけで、何も遺さずにあの世に行っちまいました」

「いや、大いに遺したではないか」

「はて……？」

「そなたがたった今見せてくれた手裏剣の技は、そなたの父が娘の体に刻み込んだ、大きな形見だ。そなたは大いなる父の慈しみを受けていたのだな」

「左様でございますかねえ」

春太郎の白粉《おしろい》で粧《よそお》われた顔に、一条の涙が線を描いた。

父の死を知った時も出なかった涙が、どういうわけか鷹之介に、父から受けた情を語られるといけなかった。

気風のよさで通っている〝うわばみの春太郎〟が、父を偲《しの》んで泣くなんて――。

悔しいが、涙は次々と湧いて出る。

泣かせるつもりのない鷹之介は、春太郎の涙を夜目に認め、たじろぐ。

その様子がおかしくて、春太郎は泣き笑いとなる。

鷹之介は、ほっとして、

「この先、そなたには難儀が降りかからぬようにいたそう」

「ありがとうございます。武芸帖の方は……」

「そうだな。角野流手裏剣術については、まず上手く書いておこう」

「ありがとうございます」

「だが、直に稽古をつけてもらわぬと上達せぬのが角野流というのなら、そのうち気が向けば、編纂所に遊びに来て、あれこれ教えてくれ」

「それは畏れ多うございますが、遊びというなら、時に三味線を抱えてお伺いいたしましょう」

「うむ、それは楽しみだ」

春太郎の涙は収まったようだ。

「そんなら、いずれも様も、ごめんくださいまし」

春太郎は、夜道を颯爽と、何事もなかったかのように去っていった。

小粋な女の後姿を見送りつつ、三右衛門と大八が鷹之介の両脇に寄ってきて、

「さて、まずひとつ終りましたな」

「武芸帖に何と書くかは、考えものでござりまするが」

それぞれが、ほのぼのとした口調で言った。

「何が何やらようわからぬが、なるほど、滅びゆく武芸流派にも、それなりの研鑽と理屈があることはようわかった。三殿、大殿、またよろしゅう頼みますぞ」

鷹之介は、晴れ晴れとした想いであったが、

「それはよいが、この後始末はどうすればよいものか……」

ふと目の前の雑事を思い出して苦笑した。

梶田成十郎以下五人の曲者は、相変わらず夜道に倒れていた。

「そこんところは、お任せくださいまし」

いつの間にか、甘酒屋の儀兵衛がいて、白い歯を闇に浮かばせていた。

さらに、息せき切ってふらふらになりながら駆けてきた男が二人——。

「殿、御無事で……」

若党の原口鉄太郎と中間の平助であった。

「お前達こそ無事か？　ついて来るなと言ったであろうが」

鷹之介は、それでも主を放っておけずに駆けて来た二人を嬉しそうに眺めながら、

「儀兵衛親分、よしなに頼む」

儀兵衛に大仰に頭を下げてみせると、高らかに笑ったのである。

十二

角野流手裏剣術について公儀武芸帖には、

〝角野源兵衛より　富澤秋之助が相伝を受け　秋之助が死に際し　これを一女　春に相伝し　今にいたる〟

という趣旨が、新宮鷹之介によって記された。

ひとつやふたつの流派を武芸帖に書き留めたとて、若年寄・京極周防守に提出するまでもないが、相伝者に聞き取りをする際、望月修理の食客らしき浪人剣客の一団に襲われ、これを撃退したことだけは報告した。

梶田成十郎は、あの後、甘酒屋儀兵衛が上手く立廻ってくれて、夜に徒党を組み町の女を襲った不良浪人として、火付盗賊改方によって引っ立てられた。

望月修理は、梶田達を、

「当家には関りなき者」

と切り捨てたが、その上に、公儀から望月家の食客と名乗る狼藉者が、武芸帖編纂所の役儀を妨げたとあるが、それは真実か問われて色を失い、

「覚えはございませぬ」

ひたすらに申し開きをしたという。

「ふふふ、左様か、鷹めは武芸一流を求めて、町で暴れていやるか」

周防守からの報告を受けて、将軍・徳川家斉は、頰笑みながら、

「望月の振舞いが年々目に余るようじゃ。此度のことを引き合いに出し、きつう叱りつけ修理めを隠居させるか……」

と、呟くように内意を伝えたというが、

「ふふふ。若鷹がどこまで飛び立つか、これはますますおもしろい。どうじゃ周防守。余の思い付きも、これでなかなかのものであろうが。そのうち折を見て、ゆるりと話を、な」

極めて上機嫌であった。

その武芸帖編纂所は、赤坂丹後坂の新宮鷹之介屋敷の隣に、ついに完成を見た。

水軒三右衛門と松岡大八は、さのみ衣食住にこだわらぬ男だが、新材の香りがかぐわしい編纂所の御長屋の真新しい畳に寝転がると、

「大八、生きてきてよかったのう」

「まったくだ」

と、新宮屋敷からの転居を手放しに喜んだ。

御長屋の部屋数にはまだまだ余裕があるが、武芸帖編纂所に書籍を移し、また整理するには人手が足りぬ。

それゆえ、しばらくの間、戯作者の中田軍幹がここに住み、手伝うこととなった。

新宮鷹之介は隣から悠然と出仕すると、十五坪ばかりの稽古場で、まず水軒三右衛門から習った柳生新陰流、引き続いて松岡大八から習った円明流の演武をして、武芸帖編纂所開きとした。

そこには、若年寄・京極周防守を始め、番方の旗本達が列席して、これを祝ったのだが、少し見ぬ間にすっかりと武芸者然と変貌をとげた鷹之介の姿に、誰もが目を見張ったものだ。

「ええいッ！」

真剣での一太刀が虚空を斬る度に、編纂所の武芸場内にどよめきが起こった。

鷹之介の雄姿を眺めながら、高宮松之丞以下、新宮家の家人達が、胸を熱くしたことは言うまでもない。

己が太刀捌きに手応えを覚える鷹之介の胸の内に、剣の師・桃井春蔵直一が言った言葉が蘇《よみがえ》った。

「そなたがこの先、ただひたすらに武芸を追い求めたならば、古今稀に見る名人になろうものを」

今正しく自分は、それが出来る立場となった。

武芸帖を編纂するためには、まず己が武芸に通じておらねばならぬのだ。

これは天が我に、武芸を極めろとお命じになったというべきか――。

鷹之介の気合はますます高まる。

――天とはいったい何ぞや。

将軍家斉、剣の師・桃井春蔵直一、そして何者かと斬り結び命を落した父・新宮孫右衛門の、やさしく自分を見つめる面影が、鷹之介の心の内に次々と浮かんでは消える。

編纂所の落成を祝うかのように、いずれかから飛来した大鷹が屋根上に止まり、赤坂丹後坂にその雄姿を見せていたが、

「やあッ！」

という、新宮鷹之介の気合に奮い立ったか、やがて翼を広げ飛び立つと、大空を我がもの顔に翔《か》け巡った。

光文社文庫

文庫書下ろし／長編時代小説
若《わか》鷹《たか》武《ぶ》芸《げい》帖《ちょう》
著　者　岡《おか》本《もと》さとる

2017年11月20日　初版1刷発行

発行者　鈴　木　広　和
印　刷　萩　原　印　刷
製　本　ナショナル製本

発行所　株式会社　光　文　社
〒112-8011　東京都文京区音羽1-16-6
電話（03）5395-8149　編　集　部
8116　書籍販売部
8125　業　務　部

ISBN978-4-334-77563-6　Printed in Japan

組版　萩原印刷